留住自己的故事

曹晓慧／著

大连出版社
DALIAN PUBLISHING HOUSE

© 曹晓慧 2025

图书在版编目（CIP）数据

留住自己的故事 / 曹晓慧著. -- 大连 : 大连出版社, 2025. 1. -- ISBN 978-7-5505-2234-3

Ⅰ. I227

中国国家版本馆CIP数据核字第2024NR7924号

LIUZHU ZIJI DE GUSHI
留住自己的故事

出 品 人： 王延生
策划编辑： 金东秀
责任编辑： 金东秀
封面设计： 昌　珊
责任校对： 李玉芝
责任印制： 徐丽红

出版发行者： 大连出版社
　　　　　地址： 大连市西岗区东北路161号
　　　　　邮编： 116016
　　　　　电话： 0411-83620573 / 83620245
　　　　　传真： 0411-83610391
　　　　　网址： http : // www.dlmpm.com
　　　　　邮箱： dlcbs@dlmpm.com
印 刷 者： 大连天骄彩色印刷有限公司

幅面尺寸： 160 mm × 220 mm
印　　张： 17.5
字　　数： 238千字
出版时间： 2025年1月第1版
印刷时间： 2025年1月第1次印刷
书　　号： ISBN 978-7-5505-2234-3
定　　价： 90.00元

月 光 明 亮

每当落日洒下余晖，天空中自然会升起月亮。月光流淌，为世界带来一抹亮。

记得曾有人说过：我们习以为常的平淡生活，其实充满了奇迹。我十分赞同这句话。

例如，在人生的朝阳时刻分别，56 年后，已经站在月光中的小学同学们，于 2019 年春天再一次相遇，共同享受着皎洁的月光。大家收拾行囊，登上信息时代的列车，去畅享微信带来的欢乐。虽然是隔屏交流，但相互的促进、鼓励，让我迸发出书写文字的能量，这种感觉非常棒！

过去的迟早要过去，沉浸在月光的清辉里，诗意的大门向我敞开，提醒我务必全力以赴。

微信里诗友的加入，引起了我对读书赏画、习写小诗的兴趣，不知不觉间我拿起了笔，从容地进入写作的状态，在语言的天地间创作。头脑的开悟，带来了灵魂的解放，在"我"与"世界"的一次次对视中，探索人与宇宙之间的无穷奥秘，使自己再一次获得了燃烧生命的意义。我想，这应该也是那月光的本意。

"他山之石，可以攻玉。"学习别人，创造自己。读书赏画、解析文字、

写作，都是富有创造性的文学活动，它们不断地锻炼我独立思考的能力，带给我心灵的快乐和收获的满足。在文字中，我俯下身去，回看、审视过去的自己。把回顾的影像剪辑出来，一切都那么真实，这里绝妙地嵌合着自己的欢与喜，那是生命永远的痕迹，每一笔都不可抹去。

每每在晴朗的夜晚，我们抬起头就能看到天上月亮发出的光芒，疏影横斜，树影幢幢，一天天，一年年，我们在赏月中陶冶情操。

我愿付出一切努力让自己也拥有一束明亮的月光，照亮自己前进的路，也给需要的人送去点点光芒。

夜晚的意义是生命过程中避不开的话题，月亮的光芒会塑造一个全新的自己，只要你足够努力，或许可以一步一步地求取到最为明晰的答语。

知识和智慧是人人都应该具备的，只有大胆、热烈地去追求，才能够收到这份"厚礼"。

用文字去"描绘"自己的"灵魂"，是保存记忆的一种良好方式，那些有关月亮、月光的美好记忆，将永远储存在书中。

收拢这夜晚的柔和之光吧，把所有平淡的故事聚集其中，让它们成为时间河流中的永恒。

目录

第一部分　朋友圈

第二部分　书海悟

第三部分 新视觉

第四部分 世事评

第五部分　微小说

第六部分　悦生活

第七部分　家乡美

第八部分　教书匠

第一部分

朋友圈

开启诗意新生活

子曰，"三人行，必有我师焉"。这句话所揭示的道理极其深刻。人们不仅要相互学习，还要在学习的基础上加深思考，促进灵魂的觉醒。现如今，人们不经意间都处在这样或那样的朋友圈中，如同学圈、同事圈、亲友圈等，手机中存在的"圈"不胜枚举。一个良好的朋友圈，其圈层文化牵引着大家奋发向上，并且在友好的交流中相互欣赏、相互学习、相互促进。能处在这样的一个朋友圈中，的确是一件再美好不过的事情。

择对朋友是进步的开始

一个人大脑中的某种灵思，让离你最近的几个朋友激活，并延伸为兴趣在精神中寄养，这是一件多么神奇而美好的事情。你相信有这样的事情发生吗？

以上观点，通过我的亲身经历就能证明。当你和有着相同兴趣的人在一起时，就会产生共鸣，它所说明的道理是：结交同频的朋友对你的人生非常重要。

汉代贾谊说过："爱出者爱返。"2019年春天，善良博爱的老班长王厚磊设宴款待分别56年的小学同学们，我受邀在列，从而有幸加入诗友们的队伍中来。身处其中，在同学们的热情感染下，我也不自觉地有了写诗的意愿，几年的实践中，充满诗意的灵魂又为写作带来了动力。这种成长源自同学们能力的扩展对我产生的影响，我不由心生感叹：几生修得诗画熏，同窗智慧传我魂。穿越混沌效应显，化作技能携在身。

这个对我来说如此陌生的领域，竟然能给自己带来如此大的收获，全凭同学们的感召。俗话说："近朱者赤，近墨者黑。""和傻瓜生活，成天吃吃喝喝；和智者生活，时时勤于思考。"这两句话告诉我们的是同一个道理，即结交合适的朋友非常重要。这就如同想要花儿长得好，就必须有适宜的土壤，泥土为花儿提供了生长所需的养料。朋友的影响非常大，可以潜移默化地影响我们一生，所以，结交一些和自己志趣相投的朋友对提高自身修养是大有裨益的。

一个人智慧的获得，固然有受朋友影响的因素，但更是自我努力后结果的呈现，这是生命对自己付出之后的馈赠，它的价值在于让你去完成发现自我、成就自我、超越自我的跨越。所以，人的一生都应该全力以赴地去追求它。

受同学们正能量的影响，我的身心发生了很大变化，同时也收获良多。我深深体会到：人，无论处在什么年龄段，都不应该沉沦。如果你想展翅高飞，那么建议你与雄鹰为伍，如果你成天和小鸡在一起，不可能长出飞翔的翅膀。

非常感恩与同学们重逢后的这些年，如果没有与你们的再次邂逅，靠我自身是不可能有今天的爱好的，更不可能有对诗意的思考。几年间，爬上一级级台阶，我倍加珍惜今天的收获。

致同学们：

难忘同学诗情激，网络传画浓香溢。

寻遍出路破重围，人生雅兴傍在身。

提笔抒写自坚守，天高无穷任发挥。

语言转换方寸聚，心灵流响篇中肥。

致孙建希同学：

画家新作刚上传，网友写诗开论坛。

人人解画诗中语，各有评述神功侃。

闲心尽闹无穷碧，拨开云雾通九天。

遥寄祝福千里送，收获点赞似蜜甜。

花香人气互感染，绣出诗锦画中绚。

朋友圈那些事

一

老班长的特意安排，有了小学同学们相隔 56 年后的重逢，使我有机会进入了小学同学们的朋友圈中。

同学虽然不多，但各人有各人的技艺，你感染我，我带动你，一些新奇的想法使大家的心凝聚在一起。

在充满阳光的朋友圈中行走，大家仿佛都焕发出了活力，看到了彼此的风景在哪里。

朋友圈中的新鲜空气，和着大家的一声声鼓励，使萌动的思想跳出了脑际。你作，我和，大家玩起了诗词的游戏。

六十多岁的"少男少女"，交流声此起彼伏，处处激荡着青春的活力，你来我往中激荡着生命的旋律。

成长，不在于年龄大小，不在于学历高低，那种热闹的氛围，充满了蓬勃的生机，直催人奋力追赶，加紧学习。

空间虽然狭小，但在这里有一些小秘密，需要我去研究学习，我看到了那种子已在这里生出了萌芽。

人生当中好多的不平凡，其实不是偶然，在今天看来，都是自己努力争取后结果的呈现。

人最好的运气是遇到好的朋友，人最正确的选择是能掌控好时机，以他人之长，补己之短，在这个过程中成长、成熟，获取灵魂上的鲜活恣意。

在这个朋友圈中，同学们用好的作风营造圈中的氛围，使大家能够看清当下，认同感使理想的状况在互相感染下逐渐形成。

人生所走过的每一步都在书写着自己的历史，让人从中看清其真实的面目，我庆幸自己生活在这样一个朋友圈里。

人生，是一支火炬，如若自己不燃烧，就只能烟气四冒，烟熏火燎，这是人生的遗憾。因此，我们一定要让自己的人生充分燃烧，发出明亮的火焰，成就自己，照亮他人。

朋友，贵在友谊长远；学习，贵在持之以恒。和朋友们在一起，自己的认知提高了，境界提升了，灵魂觉醒了，生命得以精彩绵延。

这真是一路走来生感叹：

> 人生不做小人活，追求光明与磊落。
>
> 近贤知德时代融，为民利他抒脉络。

知识摄入深思考，旁通累积时代歌。

语言延展再创造，灵感瞬间闪火花。

生命体验时时表，生发智慧歌不辍。

二

遵守老班长的约定，你们来到我的朋友圈中，这个新奇的世界里，暖意融融。

清爽之人的朋友圈，到处都是清爽之空气。相同的气息，促使人们相互靠近。大家共同的兴趣爱好吸引了我，并激励我踏足从未走过的路，使我因此而"上瘾"。

在这个朋友圈里，人才济济，大家相得益彰。

今天的朋友圈还助我按下了自己"青春软件备份"的按钮，似乎使大脑年轻了四十岁，脑细胞的活力重现，精神仿佛生出了新的触角，灵魂的升华带来了新的感受，促使我拿起笔用文字加以记述。

当一颗美好的种子埋入内心，我感慨颇深。诗文、书画尽情渲染，法度之语编纂成集，实在让人开心。

多维的空间显现，迷人的画面总是督促人们上进，这也是微信多年来魅力不减的原因。

今天，那诗与画的故事还在继续往深层延伸……

美好的氛围激励我张开了飞翔的翅膀，为同小区的学生公益授课，用文笔搭建平台，以古诗词欣赏加作文课的形式再续新朋友圈之友谊。

这便是我分享给大家的，我自己的切身体会——多多给予爱与美好，温暖这个世界。

三

奇异邂逅同学圈，氛围因诗春满园。

诗画走心华章奏，群友拾柴烈焰燃。

赏画吟诗多有乐，清灵意韵自悠远。

暮年学友得情趣，少知圈中有奇观。

四

人生中相遇的同学，本是平行生命中在成长的小树苗。如若有人变成了火柴，能为你点燃那团火，也能照亮你前进的航向，只要你愿意，并自觉上前取亮。

回忆自己的过往，因同学们的导航，我才构筑起今日头顶的这片天空。你们曾经酝酿半辈子并引以为傲的诗画思想，在时间的延伸中引导我以诗为伴。

诗词，已成为网络上同窗们经常切磋的话题。当我们侧耳倾听，时间的指针上有你写的诗，有我写的诗，在一次次磨砺中，竟成了绵绵不绝的浅吟低唱。时间的累积，也给诗带来了生命，并让它成为你我之间永恒的友谊桥梁。

网络给"新生命"提供了足够的营养，它成就了多少有意义的诗词。大浪淘沙中，偶然间地转头，发现自己身上已有了某些诗意的辉煌。

时间流逝，年华轮替，我已与诗融为一体。把岁月中的故事比作"鲤鱼跳龙门"的传奇故事，让人听起来拍案叫绝。

还生命以本色

一

每一个日出日落，组成人生的长河。如果做不到自律这条法则，人生的长河里还剩什么？

所以，要自我约束，将读书、学习、作诗的美好蓄满垂暮的年华。当故事被记忆反复挑起，交织成的风景充满了生活的皱褶，词汇在这里聚集，时光渐渐把心灵的窗户打开，在时间的延续中慢慢把那些有意义的故事整理成文字的一撇一捺。

从文字中寻找我们失去的时间，在探寻光的路途中解释春夏秋冬，趁身躯尚未佝偻，趁现在还好的年华，重点把自己的思想升华，留下隽永的表达。

生命之舟在时间长河中漂流，练出水手之技艺，挑拣出灵魂之精华，将身心的每一次欢愉无限地放大。当再次与朝阳对视，光明燃烧着生命中的一切。

知识，丰盈了你的阅历，清晰了你自身的底色，笔锋辗转，记录下自己成长的点滴快乐。

我认为，时间从不吝啬，在年轮的布局中，对待解的问题细细思考并用文字加以注释，让词语一次次碰撞出火花，集结成中华文明中灿烂之文化。

日出日落，万物不止不息。奔跑吧，去寻找时间的光亮，让灵魂在文字的构造中还原生命的本色。

二

人生，有诗相伴，情意绵绵。生命中的种种况味、体验，都在诗词中加以拆解。

诗词对我的影响，就如诗句"随风潜入夜，润物细无声"所说，只要心里有话说，优美的句子自然就随之浮上心头。诗，让人的智慧以文字的形式呈现，心灵上的感同身受意义更显深远。

诗意的世界改变了我平凡的生活状态，灵感是风，生活就是由一首首诗组成的有韵律的风景，用诗的语言表达所思所想，这种思想魅力让自己常常流连。生命得以在诗词中彰显自由与奔放。对心灵的花园的勤耕，使思想得到升华。为了诗的凝练，寻常的阅读变成了有深度的阅读，以便激发出带有饱满情感又恰到好处的别致诗意。

比如七言律诗《春分》："春夏之间春过半，自此昼长夜渐短。邂逅浪漫赏花事，醉意绵绵赋诗篇。"我这首诗就是由二十四节气联想到春日花开的浪漫，以自然气象获得诗的意趣，在季节的更替中归结出赏花的要义，使诗在自己的想象中变成季节留下的风景。

成就一个全新的自己

起初，面对群友我很是惭愧，

多年的虚度还带来一身疲惫。

今天，我要感谢诗友在群里的分享，
你们让我羡慕，
我要以你们为榜样，
谁做得好就学谁。
生命就是这样，
要敢于面对，选择忙碌，
用知识和兴趣去填充，
才不会为逝去的时间后悔。

时代，要跟随。
忙碌着，洒下奋斗的汗水，
才能收获秋的硕果累累。
生活中处处有诗意，
它不就是凡人的欢喜和眼泪……
当一份新的志趣被唤醒，
我要把自己所有的能量投注，
将那些最优良的品质赎回！

玉兰树

桃树玉兰抢登场，叶芽未发灯盏放。
同学嬉闹花前戏，花冠点头摆新装。
静神伫立品花去，听风拂动和弦唱。

游春图

画中重逢皆知晓，懂与非懂话儿聊。
雉鸡觅食悄言语，竹林浩气见清超。
新春浮绿叶繁茂，倾斜高低闪灵俏。
保持深邃轻摇摆，默契示意深情表。

游春图　绘画　孙建希

折　扇

一

扇骨打开体渐宽，情景挪移寿桃现。
味似满甘谗未解，只因美食与图伴。

11

二

二十竹片穿一把，烙彩骈文古人画。

入伏寿桃正当季，迥异其趣上下搭。

折扇 绘画 孙建希

牡丹图

竹挑灯笼高高挂，牡丹园内尽开花。

枝丫蔓延叶相衬，红黑黄绿色相间。

如若哪日有闲情，踏入此景赏月明。

月亮神仙思无尽，天上人间笑欢腾。

牡丹图 绘画 孙建希

松鼠玩琴

一

松鼠颇具高智商，理解音乐靠培养。
教授方法巧妙用，随便拉拉也悠扬。

二

美韵恣意悠悠长，琴弓在手亦开张。
信手拈来空对话，神神秘秘拾梦想。
欲望始燃任渲染，弓弦过处乐流淌。

枯木逢春

枯木和自己打着赌：假如给你生的希望，你的枝丫会不会再次生长？大树的肉身中，某些细胞生发出舞者的幻想。

斗转星移，借着雨露，借着阳光，枯木上的枝杈，因了宇宙之神的馈赠顺势而为，生长，向上，它不再沉默彷徨。

稀疏的枝叶好奇地打量着这个美好的新奇世界，它小小的身躯斟满了浅浅的阳光。

大树恣意地感受着，感怀着生命给自己身心带来的舒畅，它从心底

13

涌动着一种向上抗争的力量。

生长，向上，直到今天，古老的大树披着鲜绿的衣裳。

鸳鸯鸟巢

一

风云阅尽高枝坐，巢巢挨就筑新窝。
叽叽喳喳喧嚣闹，串窝来去总相和。

二

相邻又相知，家人爱彼此。
大同梦不悖，树做连理枝。

三

冬天来临，高大的法桐树杈上裸露出两个漂亮的巢体，我认为我看到了建筑史上的奇迹。

路边的树上，单巢多处有，双巢头次见。两家的鸟儿共同享用着那片树冠上的无主之地。

它们的故事，无意中构成了我今天追寻的主题，头脑中立马浮现出小鸟筑巢时欢快的样子。鸟儿们马不停蹄，飞来飞去，把一根根小枝条衔起，穿插成牢固的家的形体。

14

自古以来，鸟儿就有自己的情感和话语，它们也具有智慧和亲近生命的原动力。两家亲的局面，形成街角树上的新风景，它们的长期栖息也将吸引路人驻足。

鸟儿的世界也充满了无穷的诗意。

起步，心中的未来

互联网的兴起，同学们的重逢，为我学习作诗提供了良好的契机。

受画友及诗友同学的影响，我有幸在朋友圈里蹚出生命之诗行。时至今日，我非常感慨自身发生的这些变化。

正是因为有了这个念想，自然而然地，心里会时不时地冒出不同的思和想，在欣赏别人的诗和画的同时，凭借阅读学习，在知识不断扩展的脉络里，一次次酝酿尝试，先练习看图说话，再进入实践操作，终于唱响生命中的歌。《赠画》曰："全景微雕"泛涟漪，况味行来新意出。遍遍俯视总有解，诗诗不同泄秘密。灵魂馈赠画不拒，墨香阵阵续风姿。

从此，理想的种子开始发芽：自己心中有了诗和远方。

微信中，画面自远方而来，手绘的画作，也想找到自己反射的光亮，让欣赏它的人用自己的理解作为注脚，用文笔叙述自己的所思所想。于是，思绪在大脑中游弋，思想的火花一点点被画面的意境点燃，画和诗经过时空转换，由文字组成的方阵在画上"布展"，诗在画中找到了自己的落

脚居点，各自安好，圆满。

在那些令人沉醉的记忆中，大量的画中赋诗占据了我美好的空闲时间，足有一千五百余篇。置身其中，我永远忘不了那些文字和画的碰撞与回旋，以及那些被语言席卷出的浪漫。是诗和画吸引我，并带我走入灵魂交错中的文字重置空间，在诗和画的粘连中，撩拨出欣赏之人在多个层面的联想，直让人浮想联翩，从而成就了我写作开始后思想的万里无垠。

唐代名臣魏徵曾说："立身成败，在于所染。"学会"取"，是人应该具备的一种技能。学习同学们身上的长处，武装自己，提取书本中的有用知识，丰富自身之内涵，这些探索的过程，也是我起步的基础。进步和提高是我人生的愿望，从别人的身上找到自己的所需，其选择权就在自己手上。请务必好好把握主动权，人生，只有把握好当下，才能成就美好的明天。

慧眼看世界

我想要出版一本诗集。

首先，我要感谢自己所生活的这个伟大时代，从用手机打电话、发短信，到现在的视频聊天、微信群聊，真是做梦也想不到的事情，是时代成就了我的诗人梦。

其次，要感谢我的小学同学们。在这个群里，有的同学会作诗，有的同学会画画，有的同学会跳舞，大家不断地发照片、视频等，同学们的能耐激励了我，群里的热烈气氛感染了我，让我这个从未写过诗的人也能出诗集，使自己的思绪不时地游走在一首首诗里，流连忘返，与山川呼应，与云月共鸣，使想象破空而来，尽情挥洒，好不自在。因此，我从心里感谢大家，这个群对我来说意义非凡。

2019 年 12 月

慧眼心语

我想借助这本书的微薄之力开启人们诗意的人生。

我们处在一个充满机遇和挑战的时代，这对我自己来说，是极为幸运的事情。机会在此，我现已踏入了一个曾经认为不可能踏足的领域，而且这很有可能是我余生里最重要的事业。

一个人的成长是渐进的、终生的。在知识绝不等于智慧的今天，知识和智力都不如素质来得实在。在能力培养、知识积淀后的顿悟，是无法言喻的人生快乐。

潜能是客观存在的，人皆有之。每个人身上都蕴藏着使其成为成功人士的巨大潜能，只不过让这种能力爆发出来的人是极少数而已，这种潜能要经过后天的引导和培养才能表现出来，就像我们培养幼儿的语言能力那样。因此，从孩子开始接触这个世界、表达这个世界的那一刻起，就要有意识地去启发他，培养他，使他尽早形成多维的思维方式，我认为，

这一点是非常有必要的。

依个人之所能所悟，我把一幅幅印在平面上的画加上有趣的、可读的文字，使平面画有了一定的"立体性"，易看、易读、易懂，以帮助学生们更好地理解画面，进一步提高说话的能力，从而达到开发智力、提高想象力、挖掘潜能的目的。当画面有意思起来，试想，你是否会看了又看，读了又读？伴随着年龄的增长，他们的思想又有了认识上新的萌芽，对画面、对诗句有了自己新的解读，这岂不是一件很有意义的事情！

灵感不会凭空出现。书读过了，就能有所收获，但如果不读，肯定一无所获。

因此，让我们积极行动起来，学一点是一点，哪怕对自己的成长有那么一丁点儿的益处，我们也要参与进来！成功，需要大家付出后耐心等待！

让我们共同用智慧去感知这个世界，用诗意的眼光去发现生活中的真、善、美！

2020 年 4 月

心中有诗　精神灿烂

有一种遇见，不曾邀约，却心有灵犀，我深信不疑。

今天，我有幸生活在一个精神灿烂的群体之中，它召唤我，泛舟清溪，赏画吟诗，使我的晚年内心丰盈，活出生命的一个奇迹。

当然，这之中自身努力是成功的精髓。个人认为，人生的乐趣是在限定的规则中取胜。高层次的人生，应不断提升自己感知事物的敏锐度。生得蓬勃，花亦开得忘情。

一边读书，一边思考，这是一个人跃起的基本方式。闲暇时间怎样度过，就会成就一个怎样的你。你付出了多少努力，就会有多少收获。如果你掌握了多种技能，你的生命必然会变得更加从容。当你在追求梦想的时候，你会发现一个更好的自己，你会因为自己所做的事情而更感充实。

心中有诗，更容易感受到美。对生活深处的探索，需要我们心灵之眼的转向，就像一位哲人所说："世界的模样，取决于我们凝视它的目光。"

人，永远不要低估自己的能力，我们要主动参与进来，使自己慢慢练就一双善于寻找美、发现美的眼睛，用诗意的目光去观察自然，品味人生，定会有一番更深层次的感受。

人，永远不要低估自己的能力，让我们行动起来，过一种积极向上的生活，为自己人生的发展早日打开一扇大门。心中有诗，光照别人，灿烂一生。试试看！

2020 年 9 月

视觉艺术的魅力

视觉艺术是真正的魔法师，它以极其简练的手法从视觉和文字两个方面讲述故事。面对同一个画面，有的人可能在阅读一个通过文字阐述的故事，有的人则可能在阅读另一个通过画面阐述的故事。

我们生活在一个高度视觉化的世界中，如果你希望你的孩子能够掌握一种新的技能——通过幻灯片交流、编写代码或制作视频等，那么鼓励孩子多阅读绘本，就有可能达到这一目的。

我是视觉艺术的受益者。欣赏画作需要你去看，同时用心去想象，如果你把那画中所表达的意思理解透了，在你眼前呈现的就不仅是五彩斑斓的锦绣，它还能卷出脑神经反馈的巨浪，激起你丰富的想象。它启迪你的智慧，延展你的思维，给你的身心带来无比的愉悦。

我学习作诗就是从赏画开始的。你想，如果视线中的景物慢慢进入脑际，你为何不拿出自己的生花妙笔，追随脑中涌来的繁华景象，去渲染那画中幽深的意境，使画中的意境变为诗。

在书中，一幅幅画、一张张照片把"美"推到我们面前，只要我们带着一颗心去观赏，随时都有好的风景进入我们的视线中，诗与画的对话，这种看似"美"得虚无缥缈的东西在我们面前充分展现了出来，让我们流连，让我们回忆，让我们想象，从而使我们的内心世界更加丰富美好。

一幅幅画把我带入五彩的世界，从而让我吟出了一首首抑扬顿挫的诗。为了提高诗的质量，我又进入了学习的新境界，在汲取知识精华的同时，整理吐纳出些许文字故事——就是这么神奇，也可以说是我的福气。

是老同学的归来，是时代的造就……

我们视线里的画面期许有人欣赏，画作里面的诗庆幸有画依傍。愿书永恒，惠及他人，不负我愿，期许获得幸福感的慰藉。

时代在不断进步，人需要不断成长，愿我们在平凡的日子里，见证一个又一个奇迹。

有句老话说得好："真正的高贵是优于过去的自己。"因此，对人来说，什么时候开始学习都不晚，你为何不做一个高贵的自己？

也许，同样的事情也会发生在你的身上！

2021 年 4 月

说　画

人生就是一段旅程。人的成长进步与所处的时代息息相关，你的人生是否精彩，与你路上所遇到的人或风景有很大的关系。

在人生走过六十二年之后，我步入了微信时代，隔屏信息互传，同学间的友谊开始以诗的形式呈现，生活更加丰富多彩。这种联络方式唤醒了我的第六感，并使我尝试在这方面磨炼。这时，我看到了不同的人生风景，这些风景督促我学习许多新的东西，使我在暮年还能继续成长、成熟。

关于本篇文章，有三点需要说明：其一，我是从一幅幅画中汲取的灵感，因此，用诗句重现画的意境，是《说画》的主旨要义。我要求自

己在审视画面的同时，用诗句概括感知，并把鲜明的美学特征贯穿其中，这也是我始终坚持的观点。

其二，诗句是用凝练的语言对画面进行的二次描摹，语言与视觉艺术构成的双重表述使自己的格局变得更为宏大，这又使得诗句既不像古诗词那样晦涩难懂，又不像新诗那样过于通俗，是客观的画与主观的诗在自我精神层面糅合的结果。

其三，我想借助本文，感谢那些曾给过我帮助的人。是同学们在互联网上传来的小时候的照片、同学的画作，以及手机微信锁屏画面和大家的诗词互动等激发了我的学习热情，从而使我有了写诗的冲动，并开始尝试写诗、给画配诗，为了印出自己的诗集，我又开始写文章；是陪护母亲期间，人民医院里的图书角充实了我的头脑，十一年半的陪护时光使我的人生又一次得到升华；是医院里的护士帮我发送邮件，参加市人民医院建院 140 周年纪念宣传口号征集活动，获得奖励证书及奖金等。

我的第一篇小诗是在人民医院里陪母亲时写出的，写诗获得的第一份荣誉也是人民医院给的。我出生在人民医院，六十多年后的今天又在人民医院获得灵魂的新生，这真的是一件非常不可思议的事情！

今生与你们相遇，是我人生的一大幸事！

在这里，让我真诚地说一句谢谢！

2021 年 10 月

人生拾趣

在人生这条路上行走，只要生命没走到尽头，都会经历许许多多与他人相同的或者是不同的风景。

直到今天我才真正领悟到，这条路上的风景实在是太绚丽了，它竟然能使自己脑洞大开。大多数人总以为人在二三十岁以前是学习上进的最佳时期，其实不然！比如，在20世纪70年代末，我喜欢过英语，工作的同时，抽休息时间跟随电视播放的课程学习过英语，坚持一年半的时间，考取了单科结业证书；后来系统内开展乒乓球比赛，我又喜欢上了乒乓球，直到现在家里还一直放着乒乓球台；到了六十二岁以后，谁承想，我竟然又喜欢上了作诗。今天想来，这才是我人生中的最爱。我在这条道路上虽然才尝试了三年，但是成果丰硕，不仅积累了千余首诗，还积累了部分散文，这是我以前不曾奢望过的，我会在这条路上继续追寻下去，并锲而不舍。

现在想想，自己每一项爱好的产生无不被时代的潮流所"裹挟"——当你随潮流而动，必定会有所收获。其一是学习英语，我自己觉得没有什么用处，有一次提及此事，女儿回答："怎么会没有用，你教我的音标记忆法对学习单词太好用了，正因为这，我一直喜欢英语，在大学时英语竞赛能获得奖状及奖金应该与这有很大关系。"其二是对乒乓球的爱好。当时国门刚刚打开，银球传友谊，我积极练习，被选进局机关的比赛队伍，并在全区教育系统比赛中赢得了女子团体第一名的好成绩，还因此结识了我一生的挚友与老伴。其三是在六十二岁时经老伴牵线加入了现在的小学同学微信群，同学们的诗情画意及群里的高涨热情激发了自己对大

脑的二次开发，并取得了现在的成绩。

以上事实足以证明，任何时候的付出都没有白费，人生路上处处都是自己为自己埋下的伏笔，而且环环相扣，珠联璧合，落下前面任何一个环节都不会成为现在的自己！

我们没法预测自己的未来，但自身的行为在很大程度上能改变自己的人生。我们要积极地随潮流而动，不要过多地去计较成败得失。在人生的路上奔跑，不要因年龄给自己设限。在这方面，我建议大家一是要勇于挑战自己，二是要投资于终身学习，世界不光是年轻人的，我们要磨合好各方面的关系，适应时代，懂得生活，根据喜好，力所能及地安排自己的活法，活出精彩，勇于做生活的强者。给自己创造条件的同时，提高自己，并争取超越自己，尽量使自己内心丰盈、灵魂快乐，这才是真正的享受人生。

我很平凡，但生命因有趣而精彩，光阴的流逝给自己的身心带来了无尽的快乐，今生足矣！

2022 年 2 月

写作，人生的副产品

成年以后，人的成长全靠自己。年龄的增长并不是人衰老的标志，坚持学习上进不停歇，继续为自己储备知识和能量，在这个过程当中，你仍然能够学到很多东西。

文字因个人阅历及情趣的投入，得以融入生活。一情一念之间，它演化为更加浪漫的现实生活的浓缩。

当初，被互联网中同学们的诗和画吸引，因遇见而喜欢，六年来，写作丝毫没有让自己感到疲惫与厌倦。

在这期间，为了证明自己，我边学边用，一边阅读，一边创作，与心灵世界同步，把书中喜欢的词语应用于现实的语境，再把生活中的复杂性、趣味性融入，从而给心灵带来了释放的机会和无穷的回味。

由文字组成的语言，来自人的灵魂深处，无论别人怎样看待，我始终坚持不受任何干扰，不忘用时代之眼光进行审视，并习惯性地在阅读中创作记述，形成了大脑的条件反射，自然而然地，就有了一首首诗的萌发。

我欣喜于那诗句灵动的召唤，陶醉于字与词的碰撞带来的余波，这又为诗句延展成文章做了很好的桥梁铺设。欣喜这一切帮我摆脱了岁月中的寂寞，还使我拥有了一种神秘超脱的精神力量，让所写出的文章带有某种押韵的美感而显得洋洋洒洒。

坚持阅读，读中有悟，悟中叙说，在不间断的实践中把现实生活的主题好好捕捉。当初，是同学们微信中诗和画的互动吸引了我，因喜欢而参与，经过几年的磨合，自己并没有厌倦这样的互动，而是更加喜欢了。

如今，写作已成为自己生命的一部分，我很享受以这样一种方式与世界对话。

既然生命的长度自己决定不了，那我们就换个角度把视野放大，去争取生命的宽度；给自己树立目标与理想，去增加生命的厚度；还可进一步加强学习，去织就生命的密度。本着这一原则，又因为写作的需要，

我试探着给暮年的自己设置了理想中的一个个小目标，有了目标就有了牵挂，人在追逐目标时，生活会更加精彩快活。现在来看，当年的目标有些已经实现，有些正在达成。

写作，人生的这一副产品催生和练就了我丰富与敏捷的思维，它让我的人生达到了真正意义上的锦上添花。

第二部分

书海悟

生命的交响

从不言语的书籍，助我寻找心中的秘密，山高水远的梦，每天都在做，这种感觉确实美滋滋。

以书中的知识武装自己，重塑自己。大半辈子的坚持，换来了自身的脱胎换骨。

坚持阅读，让我足不出户就能瞭望世界，感知世界，它唤醒了我面对问题时的独立之思。

读书如吃饭，只要你活着，精神食粮的喂养，也同等重要。

阅读的同时，大脑中悄悄窖藏起一些秘密，即自己喜欢的那些点点滴滴。

闲暇时，光阴又似乎是在倒流，以前收藏的点点滴滴又倒腾出些许秘密，让你一再品尝那无法忘却的闪念。

一年又一年，光和影的晃动，伴着字与词的挑拣，细细地聆听和感受那发自内心的呼喊，从而照见心灵的清欢。

一条条信息的串联，字与词的积攒，最终蓄满了自己的书本。有道是：

退休数载终解谜，偶遇书画得真谛。

自奋读书兴趣来，悄声悟道神气溢。

密钥得手非虚幻，字符墨迹随相依。

云霞袅绕即风雨，落笔寻句留痕迹。

人生百年时相忆，交响变奏自感知。

读弗里德里希·尼采《查拉图斯特拉如是说》

一

我想读懂你，《查拉图斯特拉如是说》，你的哲学思想引起亿万人心灵的无限共鸣。

我每一次翻阅你，好像你都在和我诉说着什么。书中冒出的人生哲思，让大脑重估自己生命的意义，我总是享受其中，并乐此不疲。

别人如何评价你，与我都没有什么关系。但对我来说，没有你，就没有我对事物的沉思，就没有丰富的诗和词语。

对我而言，每翻阅一次，都有新的发现和启示。你让我实事求是，尊重事实，尊重历史。

当我走进你，《查拉图斯特拉如是说》，我特别享受阅读时孤独的自己。因为你精彩的部分总会变换成一串串脑波，串联成金句溢出，并一再呈现于那纸上。

我说出我的这种幸福，准能引来别人的妒忌。

我想告诉你，《查拉图斯特拉如是说》，是你改变了我，使我变成一个觉醒者，是你驱使我不断地挖掘自己的潜力。

有时，我问自己，从书中看到了什么？答案是，看到了书中有多种暗示。《查拉图斯特拉如是说》，是你打开了我的心灵，让我赞美世界的美好，以自己的方式向人们致意。

书中的超人说："人是应该被超越的东西。"按照这一逻辑，我又怎能

逃避？！我在心里告诉自己，思维不能闲置，要多一点灵敏度。理性让我义无反顾地在书海中洗涤心灵。

于是，我一遍遍走进书中，一步步理解书中的要义。当自身的能量被文字激醒，笔尖舞动，便有了心灵深处的秘密系列作品的诞生，如《灵魂说》《寻找幸福》《凝聚诗意的灵魂》《解开灵魂之秘密》等。

这，应归功于你的神奇，不需要再过多叙述。

<h1 style="text-align:center">二</h1>

本来陌生的书籍，由于《参考消息》的推荐，被我购到了手里。

两年来，你一直穿插于我的空闲时间。你等着我去一再地阅读，你要求我带着思考去学习。

书中的文字，似海水波声潺潺，丰富而又源源不断地流入我的心底。

一本耐读的书，翻来覆去地看，因了时间和心境的不同，感悟总会有所差异。每一次，你都用谈话的方式来填充我的脑袋，这又成了我如今的美味加餐。

你教会我蔑视虚伪价值，教会我怎样轻盈地抬高双腿越过污泥，教会我热爱真理、尊重习俗。

为了"咀嚼"书中的"食物"，我总是能迈出轻捷的脚步，一次又一次从心里说出非同寻常的明智之语。

书中的那些小秘密一次次被我发现，给我提供了永不枯竭的智慧主题，成全了我对自己的一次次超越。

三

《查拉图斯特拉如是说》，一本书，激励了一个灵魂。

看得见，书中展现的哲思；看不穿，思维有深度的变换。

古往今来，书里书外，幸会，我遇见了尼采。

翻书卷，让我如坐上了心灵的磁悬浮列车，它发出的呼啸的声音把头脑中某些沉睡的神经唤醒，在一次又一次的翻阅中，书中的警句一次次帮我解开谜题。

我安静地看着书，每一次翻阅都如奔赴一场邀约，奇妙的诗意触动心灵，在寻寻觅觅中让思绪尽情地飞跃。

人类的身影多有相似，历史与现在亦能相合。

我逐梦，书中有深意，谜语不断涌出。

在重复的阅读中，写作继续，有意无意间把心中的音符变成文字。

人的三种美德

在人生的某一时刻，我们探寻与身外之物的距离，或许是动物，或许是植物，又或许是知识。当沉思时，你是否会提醒自己：人生的目的不能光是机械地前行，还需要内心充实。我们要越过犹豫和迟疑，必须学会"捕获猎物"，自我充饥。

其一，人的可爱之处首先在于求知欲。为了谋求生活的美好，而不

甘于沉沦和停留，主动克服那些自认天命的小逻辑，所以人们去拼搏、奋斗，在学习和实践之中寻求成长和成功。

人类让世界看到了什么是创造，这让生命的存在产生了意义——明白欠缺什么，饥餐渴饮。谁主动"觅食"，谁就接收了知识、充实了自己、充满了活力，谁就能寻到真理。灵魂始终伴随着自己，给前进中的生命以强大的鼓舞，在开拓创造的同时，人生的步伐走得越来越坚实，给生命标记上新的价值。当你登上那自我超越的阶梯时，你会从心里感受到收获的幸福。

其二，人的可贵之处在于精神之强健。作为人，不仅要精神独立，还要精神强健。即在被邪恶诱惑时，对事物做出正确的判断。尼采说过："我爱人生，并不是因为我们习惯于生，乃是因为我们习惯于爱。"

其三，人的可贵之处还在于自身之美德。这种美德让人能自我约束、自我克制、自我救赎，在这个并不完美的世界中不至于迷失，使自己不犯错或者是少犯错；这种美德让人发现真理、追求真理，去行善，包括与人和睦相处，遵守规则，赞美荣誉，做美德的传承者；等等。总之，美德让人始终洋溢着生命的激情和光辉，从而学会智慧地生活。

生命是美丽的，我们需要心胸开阔，该好好生活时好好生活，知道自己想要什么、最相信什么；我，将倾听强健身心发出的正义之声，并注重自身能量的积攒和释放。

与梦想一起成长

一

美好的梦想伴随着期待走过时光，我忙中偷闲日复一日地读着书，在文字中寻找着属于自己的那抹绚丽。

我的梦想让不曾有过的激动在心间油然而生。走进书的海洋，又一次扬起了前行的风帆，这与再读《查拉图斯特拉如是说》有关。

2022 年，这本书让我感到灵魂的净化和升华。尼采生于 1844 年，与我相隔近一百八十年，但是在今天，我与他的书相遇，书中的文字给了我一个新奇的世界，它唤醒我，重新上路。这时，灵感如风刮来，它让我与自己的心交流，让我记录下一段段思想的波澜起伏。这不仅使我的日常生活更加充实，也留下了自己人生中那些有价值的彩色片段。

梦想，让我实实在在地面对生活，在与书的对视中，我的心里谱写出一个个华丽的篇章。这个梦很干净，味道很甜，我想把它印成书籍出版。

人生中充满了"盼"。

至此，我的梦想不再残缺。在梦里，我采摘果实，采撷快乐。

二

我想把自己的诗集印成书出版，这个梦想很难实现。

虽然自己不再是青春少年，但人生需要追梦，我扬起风帆，坚定地走下去，让生命圆满。

我因有对梦想的追求，才有了获取知识的渴望，并将这作为今后前

进的动力，期待着奋斗中的崛起。

用纸和笔书写文字，感受生活的脉动，我在日月的升落中放飞自己的故事。

在生命的纵深处，为所追求的梦想而不懈努力……

我相信终有一天，那片文字耕耘的花园，必将绽放出它的美丽。

三

弗里德里希·尼采之《查拉图斯特拉如是说》中的文字使我对尼采有了更深刻的了解。

当你从不同的角度审视，一种不可小觑的力量袭来，它传递给你不同的信息。

这一点也不虚拟。它启发着我的思维。

第五次翻看《查拉图斯特拉如是说》，在看到《蜜糖祭品》《呼救声》两个篇章时，心头有书的密语掠过，灵魂又焕发出智慧的枝丫。

灵魂，一旦被发掘，它会把人打扮得完美无瑕。它给人的思想架起一个支点，让你分析问题更客观、行为更明智。

生命何其奇妙，书中的诗句哲思独到。

我与书的作者相隔时空，却被他的书一再熏陶。

仰望，仰望，感受尼采之神奇，书中的哲思让我不再迷惘，从此，我不再沉默迷茫。

汉语飘香

汉语是什么？它是中国人时时刻刻都在使用的语言。

伴随中国人一生的，首先是对汉语的学习和运用。无论是有意还是无意，你都在用它交流，这是一个不争的事实，任何人都无法回避。

它的伟大之处，来自汉字传出的信息。

从小处说，那就是人与人之间的交流，我们的生活处处离不开它。从大处说，像文章的书写、科学技术的发展等，如果没有汉字的支撑，都成不了体系。

汉语是一把金色的钥匙，从小时候的咿呀学语到长大后的口齿伶俐，它为你打开了人生的知识宝库，它伴随你走过流光溢彩的岁月；它是你生活的记录、成长的履历；它涉及的领域无限广阔，所以，人一刻也离不开它。

对于中国人而言，学习它并加以运用，逐步提高运用技巧，是一件永无止境的事情。汉语的博大精深是它的一大特点。

近几年来，回想自己与书相伴的日子，除了充实空闲的时间以外，还使我重新找回了自己。有一天，我突然发现我也能写诗，通过写诗，我对汉语又产生了新的认识，为现实的生活更添加了一份欢喜。诗作吸引我更主动地去欣赏冬天的阳光，去观赏春天的花朵，也更让我喜欢夏天的绿树和秋天的果实。时间飞逝，季节轮替，我对这个世界有了新的认知。自己思维的活跃，使我开始思考周围事物及环境对认识的影响，认识到自己的局限性，并考虑从不同的角度切入，使思考从不同侧面突破自身的认知边界。从而想到：人，只要愿意去探寻这个纷繁的世界，

就能获得更好的成长和更多的思维启迪。

对文学学习的坚持和对图书阅读的兴趣，提高了自己的文化素养，锻炼了大脑的思考能力，引发了对写作的浓厚情感，所以才有了今天的成果。这种锻炼还带来了自己精神的充盈和见识的提升。正如朱熹《观书有感》所写："半亩方塘一鉴开，天光云影共徘徊。问渠那得清如许？为有源头活水来。"读书的有效性在于对精彩片段的吸收把握，茫茫字海中，往往有那么一小块内容与你正在思考的问题有亲切的对应，要跟随自己的心灵信号去寻找这一部分，一旦有了收获，读书就成了生命的滋养汤，日子也变得有趣明亮起来。

有一句诗说得好："天机云锦用在我，剪裁妙处非刀尺。"写作是运用文字的一条很好的路径，本着求索的态度感受艺术作品，以文字的形式再现对作品的体悟，一边欣赏，一边记录，举一反三式地读书和写作。灵气闪耀于文字之中，无形之中也增加了自身生命的厚重感，学习消化的同时，又促进了自己写作风格的形成。

通过写诗，我对自己的精神世界有了新的定义。在对诗意的探讨中，一是坚持训练自己全身心地投入，并有意识地去拓宽自己的观察方向，加深自己对知识的学习和应用，从而提高诗歌写作的技巧；二是用诗句记录生活中的美好事情，用文字描述时代的发展进步。基于对文字的热情，我更注重于积蓄知识，以增加自己的能量。

文字，有人靠它吃饭、谋生，有人以它消遣娱乐，我即后一种人。这使得我自己不受外界的干扰，没有任何负担与压力，可以做到有感而发。咬定青山不放松，讴歌时代有明月，再出发，待勃发。

汉语的韵味在诗歌中体现得更加明显，它的生命力也在于此。

诗的语境无不彰显着巨大的魅力。例如：欣赏画面，头脑被奔涌的思绪所裹卷，引发对人生的感怀，所以就这样边看边想、边学边记写成篇，便有了自己的六部作品。于是，一种使命感油然而生，自己的潜能得以挖掘，并驻足于文字的驿站。

汉语，我与你对视，有源，有缘，现已定位于诗歌、散文间。

汉语的第三个特点是语言和文化的不可分割性。

学习汉语，能更深入地了解中国的文化，理解运用汉语的同时，又促成了字与词的一次次重新组合。我的散文、诗歌就是对汉语再认识的一次次创新的组合。书籍中涉及的内容包罗万象，无穷无尽，每年出版的新书是对语言文化的汇集和收藏。

语言丰富了人类，汉语美化了生活，我们都乐在其中，语言的痕迹，充满了人间岁月。

用文字书写人生

我与写作的缘分始于读书。

乍看起来，读书对于每一个人来说都是一件再普通不过的事情，但等到你真正学会读书时，再回过头去想想，才知道它是一件多么不易悟透的难事。正因为如此，有人认为："这个世界上最远的距离，存在于你习得和懂得之间。"

我的父亲留给我的印象深入骨髓。

记得大约在 20 世纪 70 年代初期，他就要求我们三兄妹写日记，

至于日记怎么写，一篇写多少字，多少天写一次，他从没有要求过。每当寒暑假期间，他都会从潍坊学院的图书馆借足够多的书放在家中，让我们阅读、写读书笔记，然后他批阅、讲评，我们再相互传阅。我的两个哥哥都文采出众，唯有我感觉看书还可以，对于写感想，在当时就感觉很为难，总觉得自己始终写不好。

2009 年，当时母亲消化不好，经住院检查发现是胆结石，自那以后，种种原因导致母亲出不了院，我们兄妹三人24 小时轮流在医院陪护。空闲或者是晚上睡不着觉的时候就成了我的最佳阅读时间。刚开始是我自己从家里带书到医院看，后来，医院的保健科室有了图书角，我就从那里借书看，那里的书更多，内容也更丰富。我这样坚持了十余年。

2019 年，我的手机安装了微信软件，小学同学把我拉进了微信群，群友们的诗意情怀感染了我，我开始学习诗歌的创作，就这样坚持下来，创作热情一发不可收拾。

现在看来，读书是一个长期积累的过程，不可急功近利。

父亲从小就教导过我们："看书学习的过程要注重消化，把书中的道理经过自己大脑过滤，使它变成自己的东西，这才是一个人的真实本事。"读书学习的过程看似简单，却需要我用一生慢慢领悟，即把书本知识转化成自己的智慧。

在微信群中，先是有个别同学往群里发自己画的画，我们有三四个人来给他的画配诗，后来只剩下我自己给他的画配诗，直到现在也不曾停下。现如今手机锁屏的画面非常丰富，画的来源也比较广泛，以至于在三年多的时间里，我完成了六本书稿的创作。

用文字演绎生命，并使之成为永恒的灵魂寄托。这样一来，我感觉我的人生变得不再平庸，人生的意义在书中开花，这朵花，将千年不落。

文字把个人经历变成了一种风景，把进入脑中的影像再一次深耕，这时，经历与情感交融，得出的结语集结在书中，即是对生命、生活的一种新的概括。

在这里，我以两首《追忆父亲》作为这篇文章的结束语：

一

瞧老照片忆从前，父亲教诲记心间。

重点择优把书看，运用自如能力添。

中华文化魅力展，激励吾辈再登攀。

灵活运用今把握，新新组合谱新篇。

感受耕耘得乐趣，收获果实喜悦燃。

家教寓意今领悟，成全告慰笑九泉。

二

回忆父亲爱如山，此山可作毕生攀。

思曾妙智早有教，自身汲取意深远。

叮嘱难忘半生悟，花甲省记行垄间。

忆香缕缕行歌浩，汇成家训代代传。

有时我会想，如果父亲健在，他会如何看待我的作品，他会给出何种评价？

我不知道。

阅读明道　文字传情

阅读与写作是两件快乐幸福的事情，同时，也是人进步的阶梯。

学习中与心灵拥抱，用文字表达感受，这种文艺的思维方式把文字变繁复，变细碎，变成缥缈的帘幕，它揭示情感之奥妙，调动感官情绪，使写作又上升到了另一种层次。

每一篇作品的完成，都标志着自己的写作能力又有了新的跃升。文思看不见，但从中攫取那些欢快的语言，把它留存于纸面，让人一目了然。每一次练笔，都是思想的一次升华，并指向对生活、对生命的探索发现。

人生最大的快乐，是收获了自己的劳动成果，对社会有所贡献，使生命始终在忙碌中度过，忙有所获，无穷快活！

快乐幸福是一种对体验美好事物的感受，它来自情感。把这种感受用文字记录，留住来自内心深处涌出的快乐泉水，直让人精气神儿倍添。

积极的人生是在当下有所作为。要想做到这一点，我们必须保持不间断的主动学习。人生没有什么理所当然，如果不能足够主动，就会浪费很多时间。对于自己想做的事情，主动去接触、尝试，即使不成功，也不过是再回到原点，就算是教训，也有对奋斗过后的感叹。怕什么？自己酿的酒，自己要把它饮干。用岁月之历练，换取开悟的大脑，是完全值得的体验。

不懈奋斗是人一生的课题，对这一点我们不应有任何怀疑。判断人生有没有价值,不但要看你收获了什么,还要看你播撒了什么种子。学习,也是人生命中一项长期的、辛苦的"事业",辛勤耕耘就能带来收获的喜悦,坚持砥砺奋进,才能收获智慧的生活。

人,最浪费不起的就是时间,因为时间代表了生命,任何财富都是时间与行动结合之后的成果。学习的过程中,脑波被激活,充实了大脑,不仅陶冶了情操,也增长了智慧。因此,在生命中,阅读明道是首选。

书的回馈

一

为了大脑的丰满,我一次次把自己埋进书堆。这时,有个声音告诉我:只要坚持,智慧就能向你招手。

于是,我的思想在知识的海洋中遨游。有时,海面会折射出一束光,像是海市蜃楼,它给了我一点点理性、一点点憧憬,它让我的心灵变得纯净,并练就了我一双会搜索的眼睛。

与书本知识的磨合中,我学会了思维的由浅入深,以及发表自己独特的见解,学会了在创作时充满激情。

我要对你说声谢谢时,你笑着回答:已心知肚明。

二

当住进心里的乌云影响了你的气色，请试着与书亲近吧。

说不定什么时候，它就帮你打开了心锁。

也许，正是在这里，我们开始正视现实，道理需要静心慢慢体悟。

有时候，真就需要这样的慢生活。

让思绪一缕缕翻飞，也打发了日子里的寂寞。

当你被书香吸引，像蜜蜂遇到了一朵鲜花，那好闻的气息浸入内心，你就会自动抛弃杂七杂八的想法。

三

每当翻开书，大脑在字里行间搜寻着自己心仪的词语，那里有灯火阑珊，有现实中想不到的小惊喜。

阅历，使自己有了一种与书沟通的能力。

我发现，书的心是敞开的，它欢迎任何人的深入，它渴望得到阳光的重视，以保持自己生的气息。

我认为，每一个翻阅者，都能够闻到书的身体里散发的香气，在书潜移默化的教育中汲取知识，浏览之余，翻阅者总能留下点点痕迹。

与你相聚一次不易，我总想把一些重要的东西整理、收拾。

你听见了吗，我亲爱的书籍？

书的价值

最近又有人问我，一本书来回翻好几遍，究竟能给你带来什么？

我说，在那书中的花园浏览，似乎有一粒粒珍珠在眼前呈现。心灵告诉我，不要让那珍珠从眼前走失，灵动的思想要我随时把它们拾捡。一些活跃的意识，又好像是一缕缕丝线，我把它们按一定的顺序排列开来，只为那串成的珠链顺溜、耐看。

我劝他，你也读书吧，带上你的心去读。阅读中只要有斑斓的色彩跳动，你就别视而不见。头脑中灵光的闪动就在刹那间，让纸和笔派上用场，别留遗憾。这样的锻炼，让自己的感知系统似乎生出了触角，我能及时用文字记录发自肺腑的呐喊，汇成一篇篇文章，那书中闪耀的火光与心灵的碰撞激发出内心的幸福，快乐满满。

对于注重写作的人来说，只要选对书籍，作品就能吸引我们的注意，书籍引领我们进入一个个精彩的故事里去，牵引我们去探寻故事中的惊险与惊奇，这样，我们就能在枯燥乏味的生活中重燃起对阅读的兴趣。这时，书的价值已贯穿于理解它的人的心里。

我的体会是：读书需要慢慢品味，书香的浓郁，给生命中的时间都赋予了意义。

写给自己

一

我陶醉于夕阳，用文字叙说晚年的时光，把年轮的疏密盘点，把人生的收获与感动留藏。

纸香墨香阵阵，烟火生活中忙碌，不忘看书中的斑斓景象，日日沉浸其中，带出阵阵歌声。

虽然我已进入暮年，但携书同行，不至于行囊空空。书中文字闪耀的光辉，把胸中的智慧和灵气击中，使思维之火花开合有度，又看见了明日的山路万重。

寻寻觅觅，又见光明，风雨涤心胸。

静静读，默默思，慢慢写，不给此生留遗憾。

二

你的青春，决定了你的黄昏。

打开自己塞满干货的脑柜，啊，我的父亲母亲，即使你们还活着，也万万想不到我会成为一个诗人。

你生活中付出的努力，已生长出一片森林。

树枝在轻轻晃动，树的头顶有蓝天白云。有时候，天空也响着惊雷，当雷雨过后，我大脑中的森林，会变得越来越神秘幽深。

生活，是一片无垠的荒原，它不允许你后退，等待你的，是开垦、耕耘。

三

时光抹去了你青春的容颜。

给自己点一盏心灯吧，有灯的地方，一定有明亮的路。灯影里照出自己一段段澎湃的思绪，思绪是自己记忆的涟漪。

美丽的思绪催动你求索的脚步。

向前走吧，走向远方，天地辉煌，你必将如愿以偿。

四

当你老去，双眸紧闭，待将来的某时某日，还有谁会回忆起你和曾经被填埋的一切？

所以，看透世故，尽量给自己以最大的满足。

这样说来，行走的生命中，人生并非一无所获。我告诉自己："书，你的书，打开的书会说话。"因此，请不要惧怕。

人生所有的智慧，书里都可以说，请把我们最好的一面，存留到不属于任何人的书页里吧。

五

一天一诗脑锻炼，不做油腻老年人，神来之笔任挥洒，心情愉悦莫偷闲。

夜间醒来句了补，今晨酝酿开头篇，句句罗列有话说，字字滚动续新篇。

诗句内心生，萦绕耳畔，时时吟诵，美好相伴。

六

我喜欢诗歌，

它的美，在于变幻的韵脚。

它，不需要什么华丽的辞藻，

它的美在于对字与词的咀嚼。

这，是它的声调，

也是它幽幽的味道。

七

意识无声心浪涌，春风遍野生豪情。

心脑同频佳境入，文学旷野任驰骋。

自身潜能深挖掘，倾心随意自吟咏。

开卷仿佛有诗眼，落笔不辍有回声。

八

岁月不居电量充，时间岂能随便扔？

精神拓展靠自悟，阅读思考书中行。

务去陈言脱旧套，入细方留点点情。

创意之举心铭记，撷取馨香露华浓。

九

人生修行首选书，嚼字咬文解谜题。

修行路上无近远，绕过迷障是醒悟。

有疑当问书中语，思维理清语脱俗。

心有明月道法通，余光映谋篇布局。

重　生

人到中老年阶段，终于不再牵挂上班，却又站上另一个新的高度。这么多年过来，总是忙忙碌碌，对于以往的风景没有用心打量，这会儿好了，不用忙工作，一身轻。

人生需要不停地行走，要了解生活的真实性，在生活中寻找自我，发现自我之无限可能。上天赐予的人的内能，以自我修炼的方式长成。你看老年大学人头攒动，带儿孙的老人们，陪着陪着，自己的兴趣爱好已经养成。

啊，成长中的生命，应该与使命同行，只要你投入那奇特的"脑力劳动"，辛勤耕作，带来的收获定会颇丰。

我们都掌握着自己唯一的生命，奔向哪里，自己首先要考虑清楚。人都具备无限可能性，只要我们抓紧时间努力，这不，白白多出了二三十年的成长过程。

乍看起来，这似乎无足轻重，但那点滴的收获仿佛让老年人充满活力，这是从人身体内部修炼成的一种新的技能。它犹如一剂良药，助老年人

战胜寂寞和虚空，从而进入另一种美好的、真实的意境。

所以，我们不要再默默闲坐、瞎扯，那是对自己生命慢慢的、无意义的消磨。

我们要向着光明，到高处去，逃离向下的自我撕裂。人生，要珍惜自己的爱好和特长，让它们在晚年继续发挥作用，并开始重新学习，把读书获得的收益作为自己的精神支柱。自我升华，尽可能地创造自己生存的意义。

虽然我们正在老去，但我们不能沉沦，要让高傲和智慧伴我们同行，使乐曲变奏，和声高鸣。

品味人生

我对生活特别虔诚。

所以，从现在开始，我要真正爱自己，计划用学习把余生填满，继续追寻生命的温度。

我要做一个思考者，对于浏览到的知识，不惧重量，收留所有想收留的东西，在大脑中短暂停留，加工整理，酝酿并勾勒出生命中的故事，拼合成影子中的那个自己。愿它每天都能继续。

趁时光还好，按照自己的节奏完成年轻时未完成的事业，让趣味占据生活，让平凡的日常充满发光的时刻。

　　从此，只做自己喜欢的事，好好锻炼，好好生活，让岁月在流淌中慢慢翻炒、蒸煮，熬制成一饭一汤，我要细细品尝。

　　人生路上勤梳妆，稳远行，添雅趣，吐心声，不惧未来享当下，学做萤火虫，自带一盏小灯笼，自己给自己打亮手电筒，发现行走路上那亮闪闪的一点红。

　　让自己蓄满力气，用一腔热情，把那沉睡中的精灵一一唤醒。

　　时间给生命已搭建好了舞台，并谦恭地说：请。

成熟之悟

　　阅读，可以改善人的精神贫瘠。

　　在人生的道路上行走，处处会偶遇知识的种子，眼睛看到了，捡拾起来，装进脑子里。

　　心灵告诉我，这些东西可千万别忘了，它能享用一辈子啊，决不能把它们丢弃。

　　至于哪一天能弄懂那些知识，没有关系，你只管给它们点阳光雨露。

　　奇怪的是，也许就在你需要它的某一时刻，冷不丁地，它就冒出了芽子。

　　我觉得，进入一个人的剧场更有魅力，视觉与心灵一起参与，这是一种全新的构思，你稍一疏忽，它很快就会变成过往，只有转换成文字，

它才能永存于世。

人生中越来越多的欢喜，来自阅读时获得的信息，只要我们将它们好好整理，那么，成绩就在眼前。

啊，知道了，这不就是人生真正的成熟吗?

诗意随笔

说起为什么写诗，其一是因为喜欢；其二，个人认为，诗是人对美的事物进行体验之后的表述。

诗的语言一再流淌出优美的旋律。社会的发展也要求我们认真研究和传播古诗词文化。

诗的语言简洁，可三言，可五言，也可七言或杂言，不需要繁缛的文字赘述，摸透它的特点，坚持练习，就可以形成自己的语言特色。它有色有韵，读起来朗朗上口，让人舒服，魅力十足。

我对诗的付出，获得了芬芳无数，那里有属于我的世界，谁说秋色不如春意? 年龄不是问题，岁月里的时间是自己的，晚年的美好时光绝不能以此理由虚度。

所以，就年轻人而言，读书学习的收获不能光积聚在脑子里，知识也同样需要输出，我们要争取去唤醒那个强大的自己，用脱俗的意境，用眼之所及，让笔来记录一切有价值的东西，给生命以意义。

生命的无限性

人的身体当中蕴藏着无限能量，需要我们自己去挖掘。

我的体会是，如果想要做到这一点，首先要学会读书，从阅读中受益。

读书时，只要你选的这本书还能看得进去，就总会有一处或几处文字能打动你，抑或是洗涤你的心灵。从这里可以得出结论：书，不能仅限于看，还要善于悟。阅读只是一个过程，书中的道理一定要经过自己的思考，它所起的作用只有自己用心去消化才能显露出来。书香之所以能致远，就是这个道理。

假如有一天谁悟懂了这一点，说明他的灵魂已开始觉醒，这是一个自我提升的开端，也促动了自己心灵的升华。把人的潜能开发，这是人的又一次重生，它的价值能使人终身受益。

用心去咀嚼那"半亩方塘"中的肥沃，去消化生活中的一切，我们所有的取舍，都是为了攀爬上更通畅的知识桥梁，让那一抹光亮为生命的继续前行引航，从而塑造出人生最美的形象。

寻找幸福

在忙碌的生活中，偷闲，也是一种愉悦的体验。停一下匆忙的脚步，给心灵充一下电。

暂时放下手头的工作，打开书卷，书中的风景，亦是对自己审美的历练。

在这个特殊的世界里，思绪跟随书中的节奏游弋，修养精神，积累智慧，追逐人生理想中的那条弧线。

生命的过程中，每天主动抽出时间一点点，选择自己的爱好，在书海中涉水翻山，足迹所及，从容中将书中的世界纵览。

现实、书中往往返返，时时偷闲习研，意识虽然深不可测，但唤醒它，有时就在瞬间。只要有恒心毅力，精神之开悟，犹如人重获新生，恍若两重天。

大风吹走了过往，人生不再彷徨，时光之美，用手抓牢，它就闪亮。精神的愉悦换来了另一种健康的新生活。

创作新方法

在一个人安静的时刻，我轻轻地翻开了书页，书中的精彩文段让我一次次拿起笔把自己过往的故事书写。

学习，收获了心灵的开窍，仿佛让我长出了一双能够透视人生的眼睛，那书中的精彩章节，猛烈地敲击着我带有诗意的脑壳。在这期间，我一直做着自己的诗歌梦，而且总是乐在其中，不用过多叙说。

读书、写作，给我这个"老青年"带来了很大的身心变化。我可以感觉到那条生生不息的河流在默默地滋养着我的精神，它又促使我一再地拿起笔写啊写——诗歌、散文、评论，还有微小说，无形之中，平添了自己心灵的愉悦。

这样说来，人的精神真是不朽的，这不仅仅是一种比喻，当思维被书中的知识牵引，便产生了思绪。正是因为有大脑的思考，学习才有了吸引力，读书不再无聊。

在读书的过程中，只要找到窍门，我们就会像发现了新大陆一样，必要时用心一想，脑袋里便会涌动出朵朵浪花，每朵浪花都幻化成字符与语句，把生活中的真实或假想串联，形成有情节的故事，自然而然的美言从心里流淌出来，把五彩缤纷的世界描绘。

读书，引起我的冥思，使我的思绪在这个丰富而又有趣的世界里遨游，神秘的事情一再地靠过来亲近我，连我自己都不好解说那实在让人着迷的新生活。精神的拓展和延伸，又让自己很认真地去揣摩文字的意思，以便实现对文字的准确表达。

身体和大脑做着急速的热循环，这，也给自己带来了一次次的幸福感，同时，这又促成自己的写作迈上一级级进步的台阶。

依自我之感觉，写作，首先是源于自身的灵感，二是一定要心甘情愿，三是捕捉好书中文字启发的瞬间。作品是在以上种种条件的相互作用下，被"自我"催生出的另一种全新的语言。

书，一再地为我提供新的、有效的写作资源，让书与生活中的趣事对话，并拽拖出大脑中的一个个故事进行打磨，使得写出的文章内容更加丰满，语句更加流畅。这样屡屡尝试，从而构成了自己进行创作的一种新的方法。

学会读书　享受快乐

　　王阳明在《传习录》中说："知者行之始，行者知之成。"读书是明理的开始，道理弄懂了就要在实践中加以运用，用明白的道理去指导自己的行动，哪有不成功的呢？

　　与书去交朋友吧，学会读书，就是投资自己，也是自我提升的最好方法，它能滋养你的心灵。

　　用书搭建一座从阅读到写作的桥梁，把书中的知识运用于现实生活中的写作过程，这样就使得阅读找到了它的用武之地。

　　通过阅读，提高思想的活跃度，让思维的空间无限扩展，这是每一个读书人由内到外得到提升的开始。深刻的思想来自外部的有效刺激，以及自身思维的有效跟进。孔子所说的"学而不思则罔，思而不学则殆"就是这个道理。用读书学习的方法开阔视野，再把自己当下需要解决的问题进行有效整合，用有条理的文字记录下来，既拔高了文章的层次，又使写作变得流畅洒脱。

　　用书中的文字推动自我的感知和想象，执着坚守，不懈努力，当成效逐渐显现时，我相信这时的你自然会信心倍增。

　　对于那书中的智慧，即书中的养分，你要及时地用一双慧眼去捕捉，并结合一些技巧灵活地运用于创作之中，这就自然地形成了你读书的收获。世界上好多事实真相只有眼睛知道，因此心里追求什么，眼睛就能更多地看到什么，生活就是一个不断挖掘价值的过程，你越挖掘，越容易发现事情的真正价值。因此，无论做什么事情，只要你肯付出心血，就必然会有所得。人生最动人之处，一是爱读书，二是肯动脑。眼脑并用，书便能读得进去，这样坚持下去，读书也就成了兴趣。不要急功近利，不要懒惰，遇到问题时请冷静思考。你认定什么，就一门心思做好它，什么时候都不晚，迟早会做出色，成功也许就在你回首之际。

当读书成为你的自觉行动时，阅读就是一种快乐的享受。

读书的收获

读书能带来写作的收获，它构成我的日常生活。

写作，就是在你和书中文字对话的过程当中，让自己心灵的闪光与书中伟大智慧结合再输出的结果。

当你闲散无聊的时候，翻开书页，总会有一些你喜欢的字眼跳入你的心窝，它们会像一个个光源点亮你的灵感。

通过读书，重新发现人活着的趣味和意义。正如自己虽已进入老年阶段，但仍感觉是晚霞满天，把身体贮藏的能量慢慢淬炼，化苦为甜。读书如读人，读得好书如觅得良人，储存能量，记录所思，不亦乐乎。

读书就是这样，当你不厌其烦地坚持时，终有一天你会爱上它。

书，就是柴米油盐，是烟火里的什锦花。

读书给你的疲惫生活再添上一点高雅；有针对性地读书，可以习得

知识，增长智慧。

走进书海，让自己的心见证，也给身心带去欢乐，大脑中丰盈的知识，使你在面对生活中的困难时更加从容不迫。等积累的能量逐渐贮满自己的心灵，它又像一匹骏马，使你的人生奔向那无限辽阔的幸福深处。

在这里，我建议人们，特别是年轻的朋友们，请走进书海吧，去尽情陶醉一把。

生命的回眸

读书，是我晚年生活的重要组成部分，特别是 2019 年学写诗词及诗歌以来，读书就成为我写作时丰富词汇的必做功课，这也是自己心智建设的一个有利方法，它甚至促成了我完成教学与写作的二次跨越。

其实在刚开始时，我也没有想到会有现在的成果，想做的事一直去坚持，是最后成功的秘诀。在这个过程中，"咬定青山不放松"，持之以恒去做就显得可贵和难得，气馁时如果放弃的话，就不可能有今天的成果。

在人生的修行中，开心地奔走在学习与自我提升的道路上，保持对生活的热情，保持对学习的激情，这是很重要的一件事情。看到小诗和文章不断地从心中涌出，更增加了我对读书写作的信心，四年的积累，成就了作品的爆发。如今看来，我很幸运，我想我应该是一个成功者。

我的体会是,在阅读时,让心灵参与,收获的点滴,不吝于用笔墨抒写,记录下脑波的动荡起伏,这是做学问的前提,也是学以致用的最佳路径。学而不辍,活在自己的热爱里,使读书成为一种打发时间、日常休闲的方式。

书中自有学问在,觉悟之门在阅读中开启。思想、精神的无穷潜能在这里引爆,书中的哲思唤起人们对生活的热爱与激情,先人的智慧从书中被你攫取,在默默传承中又启迪了你的未来。

那看似没有用的阅读,大脑早已把有用的种子存起,它不占用你的资源,它在你的身体里活着。它不会拒绝你的索取,一年四季的每时每刻,它都会微微地回过头来和你对话,像一个生命对待另一个生命的来临,抖擞出无数生命的贺卡。我们之间的关系如同诗和画,如同江河遇见了江河,它们会激起浪花,也会碰撞出喜悦,我常常俯视它们的存在,从它们身上,我看到了自己思想的闪烁。

我爱这些草木和花朵,我不想与它们告别。这些小小的成绩令我的身心无比快活。

读 秋

时间以平稳的速度向前游走,往事尽风流。

时光依旧,今又入秋。泛黄的秋叶一片片飘落,绚烂晕染了意境无

57

边的大地，从不言愁。

我跟随时间的流淌，沉淀自己，寻找心中的宁静。

反复的阅读中，心中肆意地长出一些野草花木。这样，我顺着那文字的跑道，让记忆回拢。

在书中，寻求平常日子里的诗意生活，让生命得到慰藉，让心头无牵无挂，心灵满足快乐。

书的魅力

学会学习，首要的是学会读书。读天下好书，养人间正气。

高尔基曾经说过："书籍鼓舞了我的智慧和心灵……"书籍是一泓浸润人心的清泉，潺潺不绝地带给人以精神养料，使人心胸开阔，目光高远。

人为什么要读书？这就好比问人为什么要吃饭一样。吃饭可以使人增强体质，而读书则可以使人增添智慧。

书籍是人类贮存知识的宝库。人必须读书，才能继承和发扬前人的智慧，不断进步。一代一代的人总是借助古人书窗上那轮明月滋养自己的心灵，这是一种精神的享受。学会读书，你就拥有了一轮属于自己的明月。

读书，是这个世界上你能抓住的能够提升自己生活质量的最佳方式。对个人而言，读书的确是一件修身养性的事，通过读好书，从书中吸取精华，在消化的同时将知识点融会贯通，再整理吐纳，融入自己的文章中去。人与人之间虽有先天的差异，但通过读书获得的养料则会凝结于人的精气神中，这可能就是人与人之间所谓的后天差别吧。

通过几年来的读书实践，我深深感到，书籍的确是取之不尽用之不竭的文字宝库。自己有诗记录为证，《诗从何来》中写道："丰富多彩中华字,灵活运用组诗词。巧思妙合从心出,情景变换诗无数。"通过读书学习，自己的诗作已有丰富的积累。如若不读书，绝不可能有如此丰厚的收获。真所谓"天机云锦用在我，剪裁妙处非刀尺"。人生路上有书陪伴，就像阳光洒满人间，知识的种子播入心灵，前进的路上将充满光明。

同时，读书又是一个很好地享受人生的过程。如果你想成长，那么，请你读书吧。当你沉下心，静静地打开书本，呈现在你眼前的将是浩瀚、深邃、宁静的世界。我相信，每一个阅读者都将会得到它的滋养，从中汲取无尽的精神力量！

汲取知识　输出智慧

一

大脑是人体的一部分，其信息储存能力几乎没有限制，它每时甚至每分每秒钟所处理的数据都非常大，这个储存器，即使你把千万本书装入其中，也看不出它内里的膨大。

其实，它每时每刻都在吸收和消化当中，它带给你的是一份饱满的激情。

一个热爱读书的人，如果将浏览到的知识搬回自己的大脑中，在细细体味后，准能咂摸出些什么。当你把它融入生活，当你需要输出的那一刹，它又会把一些小秘密不断表现出来。

言之有物的相互关联，相互纠葛，语言落纸有声，给看似简单的生活披上了层复杂的面纱，它一次次让你把某些用感情浸泡的故事用语言进行层层包裹。

例如，每当夜晚来临，白天的喧嚣已经停止，我在睡梦中有时会梦到白天大脑中浮现的问题，这时的大脑移除了繁杂的日常事务，更清晰。月亮依然挂在夜空，梦境中是默片形式的演出，有时我看到了从前的自己，有时又是对明天的美好愿望在向我靠近，这使得自己的思想不断地被充实。毕竟，睡梦中的事件相互间并不独立，脑波从故事中穿越。于是，语言在此集结，清醒后梳理故事细节，睡醒辗转，思绪缠绵，就这样睡着，醒着，记录着，不断交替磨合。这种揣摩令我欣喜，也令我迷惑，从而引领想象力再发挥，进而演变为对文字的再创作，最终，大脑对知识的输出成就了语句通顺的诗篇。

这是人心灵世界的刹那一转又被脑波折射到人间的一种科学方式，也是人向外、向内求同的一种有效方法，捕捉刹那间的流光溢彩，新的思想在这里产生，它让你尽情地去描述世界上可能发生的一切，使本来平凡的生命生发出另一种形式的全新的先知先觉。

以上文字根据夜晚睡觉醒来时的记录整理。

二

醒悟来自读书时的安宁和投入，以及及时捕捉到的有价值的知识。

当你阅读时，看到入心处，心灵被书页搅动，书页向上昂着，页面延展，字的某些触觉似乎微微伸向天空，那孜孜以求的眼神，渐进地扫着。这时，心灵驾驭想象，让思绪恣意飞扬，笔杆付诸行动，使创意与想象落纸为证。

阅读与思考使大脑获取的张力，犹如自己敏捷的四肢，书中的故事如日常生活中的油盐酱醋。它有滋有味，引领思想的发展方向，似乎有种心声传递着心灵的渴望，有些想法终于按捺不住，让笔代理一一抒发。

这，就是书的使命。它虽然一声不吭，但眼睛的俯视似乎让它超越了自己的功能。它的意志非常坚定，你只有用心投入，它才能与你心意相通。书的回声从字里行间传出，几经加工整理，新的词语和心灵握手，并被慢慢挪入另一片新的天地。

以上心理归结为："常坐书桌赏与读，巧嵌真情合得度。道是痴人非借力，勾连紧密光反刍。"

三

人，只要活着，就要想办法创造自我，读书中的思考往往有让人意想不到的收获。

你知道金子是怎样发光的吗？我们大部分人都知道金子名贵，也看到它金光闪闪，却不知道这里面包含了人们对金矿的探寻开发和对它的提炼、加工有多难。

同样的道理，人也一样。每个人的脑容量都差不多，那些有光环的人是怎么显现出来的呢？答案是：只有不断地进行大脑开发，人才能像

金子一样发出应有的光芒。

学习是为了更好地生活，读书是对大脑最好的开发。阅读中的看和思考是对大脑自身发掘的一个过程，它不是靠"教"来学会的，它是大脑的自我发掘，这是一个人成长、成熟必须跨越的很重要的一道门槛。

所谓的心灵，也就是人的心思，即观察者的意识。意识决定你思路的走向。从这一点出发，你的心思每细一寸，对文字细节的体悟就多一分。思考必须由心灵发力，等你把文字中的精华品鉴出来，心与书的感应也就发挥了作用。

阅读的过程，是一个人用脑、练心的过程，只有入脑入心，思考到位，想象跟进，人那最可贵的创新能力才会随之得到发挥。人，看上去似乎坐在书前未动，实则大脑在不断地思考，心脑相连，虚实相应，思考应时而动。

只有走心的阅读，才会引导你自悟。当你摸索出了规律，再按规律进行千次万次的把握运用，必定会形成自己顶级的"功夫"——我认为这是一个人真正觉悟的理论依据。

譬如，我在六十二岁时才开始尝试着去开拓自己的人生视野，这种不服输的想法在头脑里不断地跳跃，它驱使我去学习、思考，并付诸积极的行动，这就是为诗文创作而进行的联系性的阅读、消化。今日种瓜种豆，总有合适的时日收获瓜和豆。事实充分说明，对于一个正确的选择，你要敢于一再地进行尝试，尝试的路上，不要惧怕那些烦琐的关卡，这项业余爱好坚持下来的结果，给我的人生带来了收获的喜悦。

阅读中的思，让大脑起飞，尽最大可能把你的需求和读书结合起来。在必要时，可将看到的抽象的东西和具体事物合为一体。反过来，当你看到具体的东西时，也可以使它变得抽象，即念书要"化"，这是读书求知中自悟的一条重要法则。

如何写好一篇文章？我想，一个人的生活中常常会念着点什么，这就要求你从阅读的篇目中抠出一句一句入心的"话"，一旦用之，它可以起到点化的作用，从这里入手，文章的思路也被盘活，而这，就是最好的借鉴。一旦理想和意念结合而变成现实，这种执行能力必将给自己带来圆满的收获。

四

每每阅读都有回应，这的确是一件很神秘的事情。

这不是晨梦中的灼热。书中的世界，对于一个读者来说，只要用心，总会生成理想的结果。

开启大脑的钥匙就藏在书页里，每当翻开它，文字之风从眼前刮过，脑波快速运动，和自己心中的故事连接，想象的翅膀在这里打开，像箭射中了靶，刺破那包裹的外壳，露出真家伙，书中的精华部分的影响在不停地扩大。

静下来，重心下降，精神穿透迷障，认真聆听书中的韵律，心与自己会面，去思考目前想着重解决的迷惘。

边看书，边用脑，为了不再沉默，就要把心声书写。那清晰的词语，填补了书与我之间存在的缝隙，重新构建出一种传统意识与现代意识的结合体，这里面又包含了我所追求的隐语。

这,是书的回声,这就是一再地去翻阅那本书的收获。看此书,想此刻,自己的精神世界与书中的表达对接,心中涌出一份喜悦之情,立刻把即时的思绪描摹。于是,交响乐奏起,乐声给自己带来生命中难以形容的快乐。

　　阅读加书写，伴随而来的是思维的极度活跃，笔下游走的"神话"一次次呈现，词语的性质在这里拐了个弯，成功地实现了穿越，它滑进自己的故事中去，老书在这里发出了新芽，这种感觉真的很不错。

　　随着自己阅历的增长，这项技能越用越灵活，对文字的书写驾驭在这里轻巧地实现了突破。揣度内心，无须加以解释，像潮汐，清清澈澈。

　　俗话说开卷有益、熟能生巧，我想，指的就是这个道理吧。

五

　　每天，每夜，每时，每刻，脑袋空闲的时候，我就来扒拉书页，进入自己的心灵驿站，描绘那多彩的图画。

　　在书的世界里，我找到了另一个自我。

　　在字里行间穿行，平平仄仄，书中的空气带着甜味，总能吸引我来回穿梭。

　　我不想出来的原因是：只要投入其中，就能与幸福相遇，捕捞收获。

六

《诗刊》浏览记

迷你韵致书中藏，巧裁妙用织新网。

翰墨演绎趣缘来，锦句勾连一行行。

此宵梦起几切磋，掳回翰墨引韶光。

探询秘境意拓展，肥瘦拿捏话诗章。

超越，我能

打开自己记忆的橱窗，窥视一下记忆的过往，以避免柜子溢满后的遗忘。

那些已经根植于心中的理想，能够托举自认为的美好形象，尽管曾费了很大周折奋斗，仿佛仍然停留在梦乡。

在经过了几年漫长的跋涉之后，我发现理想的实现仍然困难重重。于是，先收拢起自己的目光，调整战略，默默努力，更加专注于学习，借以增加自身之重量。

既然已经在路上，尽管这个过程艰难，也决不能走走晃晃；理想的种子一经种下，就不能袖手旁观，推推搡搡。要知道，万物都有自己无法回避的痛，自己的神经一刻也不能放松，要的是瞪大眼睛，抖擞精神，继续冲锋。

理想的实现就在明天的世界中，耳边回荡着来自远方的响声：从今天开始，另觅新路径。于是，我重新开始了在纸张上的尝试，记录自己成长的年轮，让生命在设计中早日发出应有的回声。

抬起头，忽然发现充电后的身影依然还在前行。无法放弃的理想，去实现它，赶快让实力与行动交汇，用新的人生创意之精神去实现理想中的梦，重新踏出一条通往成功的路径。

信心，将伴我一路同行！

修行在路上

人，贵在有一个灵动的大脑，从入学开始，学校教育就帮我们迈出了求索的脚步。

读书学习的同时，要学会用眼睛去观察事物，再把事物用自己的思想好好丈量。

成年后，坚持不舍书香，仍保有一份与书本亲和的力量。

恰好的光和热，释放出巨大的内能量，让无尽的思维长出了翅膀。

人生的修行，一直在路上。

第三部分

新视觉

我看《中国诗词大会》

我们学习先辈们的诗词，
在历史的密林中穿梭，
看见多少尘世间的坎坷，
李白、杜甫等等，
他们都是中国历史的传播者。

那些古人留下的诗词文化，
丰富着人们的精神生活，
经一代代人的传诵，
今天由我们与古人对话，
诗句滚动，
如长江、黄河，永远不会干涸。

但，我们是时代的歌者，
不能忽略时代的发展，
我们也可以创新另一种风格。
没有什么可以困住时代的车轮，
每个时代都有新的诗人把诗句编写，
从未中断过，
文字折射出变幻的光谱，
把时代讴歌。

古韵新声之清明

背景演绎碧水青山一幅春天的画卷，
六位嘉宾及主持人坐话古时人和事、
诗词篇章、故宫收藏。
寒食、三月三、清明节，
经历史变革，意义深远。

一弦曲起，牵出幽幽情思，
大家追忆先烈及故去的亲人，
慎终追远，思念飘荡，
桃花满树劝君莫惆怅。

古装古韵随卷展，
舞者尽舞，舞毕进画收藏。
荡个秋千也要舞成双。

高科技把舞台装扮，
古古今今，别开生面，
节奏欢快，哲思内含，
春雨春耕，桃花飘香，清新和畅。

开卷品书香

开卷品书觅食粮，

心，从此不再孤独空荡，

知识的积累会迎来奇迹，

字字咀嚼焕发出无穷力量。

脚踏实地，探索向上，

苦读悦读，见证梦想。

它让你读懂历史的厚重，

人间的新诗篇，

将由我们去续写。

2022 年 4 月 23 日

经典咏流传大美中华——思念

相思心切总难忘，遥望星空念祖先，虽隔千里有回音，穿越视线现经典。

文学源头探，历史面面观，诠释古人词，智慧词中言。

寻根波浪涌，诗语得淬炼，思念漫时空，汇歌咏流传。

2022 年 6 月 11 日晚

诗画中国——柴门掩雪图

天神浪漫把白云揉碎。

岭上峰巅，雪色满谷，游人撑伞舞向前，

船上老翁煮酒诵诗篇。

山河浩渺，银白绵绵，层林尽染，美韵景万千。

飘逸舞斑斓，寻径咏怀浪漫。

多少年后的今天，历史况味再现。

遐想联翩……

经典咏流传——大美中华

咏山咏水诗画景，古今诗词中华情。

千年传承汇盛宴，画里画外跨时空。

经典一刻醉今人，声声吟唱引共鸣。

致兔年诗词大会

一

灯辉光耀回声荡，诗文来去唱交响。

神奇舞台会上斗，各自绽放情满腔。

现场作画笔染辉，诗评寄语化雪霜。

十场酣畅意未尽，期盼开征再远航。

二

《中国诗词大会》，画面清晰，推陈出新，点破诗词的本质，使历史与人亲近，处处给今人以启示。

观看的过程中，会场上开放热烈的诗的声浪朝我聚拢，让我有机会在潜移默化中汲取能量，从而生出一份深深的感动。

生命中美好的时光，让诗词占据，把人的灵魂一步步带入，收紧神经，裹紧身躯，跃入诗的海洋。

诗的语言在流动、溢出。

父女、父子上阵，特别是少儿团中的同学们，答题时如此淡定，如此快速，诗和远方如梦如幻般在他们面前铺展，在同学们匆匆的步履中，生命之灵动已显露，今天的他们，代表着祖国明天的光明与美好。

穿过一首首诗，那些字与词的呼啸，无端地吹拂你的灵魂，化解你的烦恼，那浓浓的诗的语言，温润着人心，让你挥毫，助你长高。

衷心祝愿《中国诗词大会》越办越好！

2023 年 2 月 3 日

献给党的颂歌

百年前的七月，

镰刀和锤子的旗帜飘展成了红彤彤的背景，

从此，党和百姓血脉相连。

是您，带领劳苦大众，

浴血奋战驱逐日寇，

让崭新的中国获得了光明。

在您的领导下，

祖国迅速崛起，

展现在人民面前的是明净清朗的环境。

是您，在关键时刻，

开启了伟大的经济改革，

为中国式现代化提供强大动力和制度保障，

提升了人民的生活水平。

您是一个特别的政党，

与世界上其他的政党都不一样，

您把中国古老的文化继承；

您用严格的纪律管党治党，

国家的运行都在您的制度保障之中，

您始终坚持对法制的推广，

并坚决与滥用权力、渎职、腐败作斗争；

您凝心聚力，奋发进取，

继续推动国家进入新世纪发展的征程。

现在的中国，不仅仅是崛起、繁荣，更是复兴！

我激昂咏颂，

您的光荣传统，

将由我们一代代继续传承！

祝福党的生日

七月一日是党的生日，我重温入党誓词。

我想，每一位共产党员只要信仰在心底，就挡不住勇往直前的脚步，遵循党指引的方向勇敢前行，绝不拖后腿。

坚守誓言，无私无畏，暮年的我们又何所惧？我愿为党再作贡献，所向披靡。

忠诚于党，为民造福，清除贫瘠。

科学无止境，辉煌铸历史。

先辈们的浴血奋斗，换来了今天的凯歌高奏，愿十四亿中国人民在党的领导下挺直腰杆，推进国家大业之复兴。

国庆咏怀

峥嵘岁月永不忘，中华英气壮国强。
铭记初心再蓄力，起航路上迎高光。

新命题奏响复兴计，新节点铸就新历史。
高科技振兴功赫赫，新时代圆梦多快意。

第四部分

世事评

读《红楼梦》——偶结海棠诗社感悟

《红楼梦》作为一部被几代人着力研究的文学作品，有它独特的价值。书里面，除了厚重的文学内涵之外，还有着放到现在也不过时的现实意义。

书中提到宝玉的父亲被皇上点了学差。奉旨启程之后，宝玉没有了管束，一天到晚在大观园中玩耍，直把那青春虚度。就连他自己也感觉无聊、空荡。

这天，他忽然接到三姑娘探春差人送来的一个帖子，是邀请众人到秋爽斋共同商议建立诗社一事。

这一提议得到了大家的一致响应，大家共同赴约。

恰逢此时，有位好朋友送来了两盆海棠花，大家议来议去，最后给诗社定名为"海棠诗社"。随后，又各自分别取了名号，经再三商量，定于每月的初二、十六为活动日，缺席者罚。

诗社里边数李纨年龄最大，她虽然不会作诗，但非常赞同建立诗社，原本只是想来帮忙，但经过深思熟虑，她想，既然人在诗社，应该做点事情，便主动请缨做了社长。同时还提名菱洲、藕榭做副社长，一位出题限韵，一位誊录监场。如果遇到容易的、感兴趣的题目，社长、副社长也可作一首，大家举双手赞成，并即兴开社。以"海棠"为题，抽书定韵，众人都作了七言律诗。李纨虽不善作，却善看、善评。评出优劣，都称公道。

大观园内的众兄弟姐妹都上过私塾，有着较好的文化基础，正是因为这一点，大家才有了共同的兴趣。单从这一点就可以看出，人，更需要志趣相投，他们中的大部分人在日常生活中也喜欢作诗互相欣赏，诗词将汉字的音、形、义三要素发挥到了出神入化的境地。语言上的优势，以一种形式上的美感扑面而来，发出种种感叹，使诗社的每一个成员都喜不自胜。

人生，许多关键点的出现常常看似偶然，却也带着必然，那颗诗意的心，把生动的语言在景与情的结合中凝聚成一句句和谐的诗句，发出种种感叹。

人很容易受诗词文化氛围的熏陶，把中国五千年传承的文化重温，并用诗意来丰富自己的精神生活，陶冶艺术情操。

就普通大众而言，学习诗词歌赋，不一定是为了成为诗人或文学家，但起码要像李纨那样，学会欣赏，并以此来提升气质，丰富情感，甚至温暖我们的生命。

在这里我也借题作诗一首《偶记》：

趣相投，引共鸣，出题誊写作诗评。

此唱彼和爽心目，开笔赋诗人风流。

《孔子的故事》读后感

一

《孔子的故事》这本书，作者以讲故事的方式介绍了孔子一生的事迹，阅读后我感受颇多，这里我重点说两个方面。

第一，孔子是儒家学说的创始人，他有一套虽不周密但趋于完整的

思想体系。孔子提出的"仁"，就是"爱人"，爱自己，爱家人，爱所有的人。孔子的做事准则是"己所不欲，勿施于人"。这体现了他不把自己的想法强加于他人身上的思想。他把一生中的大部分时间都放在了教育学生上面，孔子保持"学而不厌，诲人不倦"的积极心态，在教育学生时懂得因材施教，循循善诱，从容和缓，让学生有充分的发展空间。

孔子博学多才，谦虚好问，他的"三人行，必有我师焉"可谓是家喻户晓。

孔子提出"仁"的思想，而且能够开创私人讲学，普及文化知识等，这为教育事业作出了较大贡献。

第二，孔子的伟大之处还表现在编写历史著作、整理史书上。

孔子晚年将自己大部分精力都集中于编写历史著作《春秋》上，他在尊重历史的基础上选择资料，记录其中最重要的史实。

尽管《春秋》这部书夹杂了孔子自己的一些寄希望于国家变革的主张，但这是中国得以保存下来的最早的，也是世界上最早的一部编年体史书。《春秋》是我国文化遗产中一部具有历史意义的作品。

晚年的孔子还花费大量的时间整理社会上流传的诗歌和音乐，汇成古代诗歌总集《诗经》，这也是他对中国文学史、艺术史所作出的巨大贡献。

二

读书思考的过程，使我对生活中做人做事的道理更加明了——做个正义之人是我一生的追求。

孔子在编写《诗经》时对自己的艺术要求是"思想不要下流""适度而不过分，健康而不病态"。我在一次次复看《孔子的故事》一书时又进一步加深了对其观点的理解。

学得之，用于行，我也要力求自己遵循这一原则处事为人。

孔子说过："古之学者为己，今之学者为人。""为己"即通过学习来对照、批判、反思自己的内心，让自己有好的改变。这是孔子眼中正确的学习方法。而"为人"则是孔子对他所处的乱世之下一些学者的评价。

在学习的过程中，秉持向内求的学习态度，从而感受到自己的成长和变化，我想，这一点对于大家进行思考有着很重要的指导意义。

《曾国藩的朋友圈》读后感

天底下最复杂的东西是人心，这里面所包含的问题让人很难猜透。朋友一场，切不可用暗箭中伤对方。

人以群分，在一个进取的群体中，大家能够相互欣赏长处，因此找到彼此的交集，进而以积极的心态修炼自己。

人能够发现别人的长处，这又促使大家相互鼓励，并发挥特长。

曾国藩和胡林翼相识于1841年，但二人真正的交集是发生在1854年。当时胡林翼奉命奔赴武昌，湖广总督吴文镕战败自杀，他投奔湖北按察使唐树义时，唐树义又自杀了。无依无靠的胡林翼只好求助于曾国藩，曾国藩先给胡林翼的部队提供了粮食，同时上奏皇上，将其收留在自己麾下。

在胡林翼处境困难时，曾国藩竭尽全力相帮，虽然付出了很多，但曾国藩也收获了朋友的信任。

曾国藩、胡林翼在起起伏伏中多次相互帮衬，两人都是出自真心。胡林翼对别人说，曾国藩的真诚是出于天性，所以感人至深。

胡林翼后来身居高位，知恩图报。在他的一再请奏下，守孝的曾国藩得以出山，开启了复出之路，这也使得曾国藩的传奇故事有了下文。胡林翼是使曾国藩走上两江总督位置的关键人物，也是湘军的领袖。

在我看来，曾国藩、胡林翼两个人都具有非凡的人格魅力，所以才能相互吸引。胡林翼病逝后，曾国藩悲痛地说："从此共事之人，无极合心者也。"曾国藩、胡林翼相互吸引、相互帮助的故事，使我很受感动。

曾国藩的朋友圈也有另类出现。比如，沈葆桢因极欲自立门户而屡屡截留军饷，曾国藩说他是"绝无良心科"的状元。

历史上很多有成就的人之所以取得成功，除了他们自身拥有超凡的能力外，自然也离不开朋友的真心相携相助。

《曾国藩的朋友圈》吸引我反复阅读的同时，也使我明白：两颗利他的心灵碰撞出感人的火花时，便给这个世界带来了无限的美丽，他们的这种友谊也很值得我们称赞。

我不禁感慨：世事沧桑幸得之，患难与共成知己。斡旋几番再奏请，忠勇双全被铭记。

我们学习的榜样

王振义是我国著名的内科血液学专家、国家最高科学技术奖获得者，曾带领团队攻克急性早幼粒细胞白血病。

他的"上海方案"实验成功后，他放弃了相关的专利申请。这一决定，让一盒10粒装的治疗白血病的救命药在我国仅售290元，还被纳入了医保范围。

1996年，他获得求是杰出科学奖，奖金100万元，他把其中的40万元捐给了医院，40万元捐给了学校，10万元捐给了科研院所。

2011年，他又获得了国家最高科学技术奖，奖金500万元，他把全部奖金捐给了医院和研究团队。

直到今天，他仍然在默默为科研事业作贡献。他把名利看得很淡，人们都称他为"清贫牡丹"。

看到这则报道时我非常感慨，这是一种多么崇高的精神！这是一位多么可爱、可敬的老人！我想，爱，或许才是世界上最伟大的力量，正是因为王振义院士爱国、爱人民、爱自己的事业，所以他奉献出自己的全部精力和心血，连奖金也几乎全部捐助给有需要的人或机构。当爱不再带有私心时，当无私的爱融入人的生命之中时，人生便与灿烂结缘，这种美好意蕴悠悠，绵长深远。

教育缺失了什么

教育事关重大。

《人民日报》曾刊文称，毁掉孩子的"五把刀"中排第一位的是"溺爱"。我深有感触。

2022年8月28日的一段视频中，一位父亲送儿子上大学，上台阶时，因行李过重，父亲停下来休整，但儿子一直在低头看手机。这时一位女生上前帮忙提行李，儿子全程冷漠地跟在身后。这个视频让人非常愤怒，大家纷纷评论：要这样的儿子有啥用？

说到这里，我又想起了当月27日下午自己看到的一幕：走在小区的路上，碰到住底楼的一位大嫂和她的孙女，我们打了个招呼，她孙女身体前倾趴在自行车前把手上看手机。我看到大嫂的右手边有一桶刚接满的纯净水，知道她有糖尿病，平时提水到家需要歇上两三回，我便上前顺手提起水桶帮她拎到了家门口。在这个过程中她没有对孙女说过一句提醒的话，只是对我说了声谢谢，但是她和她孙女都跟随在我的身后，我心里无形之中生出一种很不快的感觉。

家长应该成为孩子智慧的启蒙者，家长与孩子在是非面前不应该总是保持沉默。

爱自己的后代无可厚非，但面对别人的帮助时，家长表现出理所当然的样子，把大家的帮助当成应该的，家长的言传身教去哪儿了？即景即时说教，这是一种很必要的养成教育。家长应该从教育的缺失中看到那把"砍"倒下一代的"斧子"，一个明理的家长能细心地发现和抓住教育孩子的每一个微小环节。

家长是孩子教育的探索者和实践者，成功的教育来自家长随时对孩子的教导，奠定孩子一生基础的，是一个"高人效应"。

"千里之堤，溃于蚁穴。"它揭示的道理是轻视小事往往会酿成大祸。孩子日常行为习惯的养成，都是从一点一滴的小事做起的，而这些不起眼的小事，在孩子的一生中起着至关重要的作用。

我期待着《人民日报》正能量的传递能够唤醒社会中部分家长对教育的重视。

人生的意义

人活着到底是为了什么？

2022 年 3 月的一天，我在排队做核酸检测时，后面的一个小姑娘用手指着提醒我，让我看前面不远处的地上，狗粪让多人踩踏后的一片狼藉。狗粪，是城市街道上的一道伤疤，它是养狗之人不文明行为的一种明证。这让我想起了前几天小区里的一位大嫂，她买回豆浆后，在单元门口不凑巧把豆浆洒到了地上，于是她自觉地用卫生纸把豆浆吸附干净，又回家取水冲刷地面的事，她的这一举动让看到的邻居用手机拍了下来，并将照片发到了"家网"上，受到了各住户的一致点赞。

以上两个事例形成了鲜明的对比。每个人的行为都展示了自己的素质，现实中某些人的行为看起来真的是与正能量背道而驰的。

人的处世原则是对自己精神的描摹，行为是对自己生命的着色。这

个世界上的事物都不是孤立存在的，都有它深刻的内在意义。一个具有优秀品德的人，他的美德会随时随地自然流露，而不是为了表现自己。

生命的意义首先是让自己每时每刻都在不无聊中度过，要让生命充实，无论你是英姿焕发的年轻人还是两鬓染霜的老年人，都要充分利用自己的现有条件来提高自己、展示自己，不要害怕出错，错了要认错、改错。只要有可能，就要做一些对社会有意义的事情，要把这作为人生中的一道亮丽风景，这样，再平凡的你也能做出一些不平凡的事情，你才能在人生的路上走得潇洒。

人，要为自己的人生负责，做努力向上的先锋。

我们活着的目的到底是什么？从宏观上看，是为了人类的繁衍生息。但是，每一个活着的人又都有自己的理想，这种理想决定着他的努力方向，从这个意义上说，就不能单纯把活着作为活着的目的。

文明，是一个人生命的底色。做人和做事可以显示出一个人素质的高低，提高个人素质的根本方法是要不间断地学习，只有学习好的人和事，并以此为目标，把别人那些优秀品质学到手，才能做一个文明的拥有者和传播者，才能给世界再添一抹亮色。

其实，我们每一个成年人都应该培养健康的心理基础和行为方式，如果你在生活中这样做了，即使没有被别人看见，也没有被人表扬，你的心里也会生出一份坦然、一份灿烂。

让我们从今天开始，把自己的美德、美言、美行自觉地贯穿到生活中去，这是一种正能量的聚集，只要我们积极地、主动地去做一些有利于人民的事情，就能做一个"大写"的人。

这是对人生意义的最高诠释。

求知也是一场战斗

每个人的青少年时期都应在读书学习中度过。但如果你不够上心，不仅会浪费青春，还会妨碍自己思想的进步。

因此，我们读书时，不能太懒散，要花点心思。否则，你就体会不出书中所表达的精神。

那些整天沉迷于手机的学子应该注意了。你的沉迷，让自己的精神获得了虚假的快乐，你应该早早有所醒悟，躲避学习中遇到的困难不是解决问题的根本方法。对知识的获取，是求学阶段顺理成章的事，不应被人推一下才挪脚移步。

游戏中暂时的欢快麻醉人的神经中枢，你赢得一场游戏，却丢失了生命中的最宝贵时间，这种得不偿失的事，青年必须远离。

忽略了春天的播种，怎能收获秋天的果实？人生不能重来，要认真对待自己成长的答卷。要做知识的斗士，带着搜寻的目光，到知识的战场上去"打仗"，不为别的，只为自己的理想。以知识作为赢得胜利的"武器"，参与进去，努力拼搏，不能止步不前，不能等闲视之，对学习也要怀揣勇气，其最终的目的是拯救自己。

当你作为一个求知者与知识相遇时，你的感官在欣赏的同时，也要借鉴、收纳、整理。在学习中积累知识，就能收获成长。

思想是为生命服务的，你的收获，会成就自己。这时的你，总喜欢在书海中一次次沐浴，这又成就了你求知的新的美德。这个成就你新生的地方，因了你的一再光顾而给你身上披上了华丽的衣裳，知识只对那些自觉的灵魂开放，你需要做的是刻苦学习，积蓄力量。

请带上你的心灵奔赴求知之路吧，知识滋养你的精神，丰富你的人生，你的孜孜以求，终将换来生命成长的馈赠。

镜　子

人的心中应该有一面镜子，时不时地拿出来照照自己的言行，或者是对未来计划进行一下憧憬，让新的蓝图在心中描绘，设想一下登高可能遇到的困境，排除困难，以确保征途一路畅通。

一个高尚的灵魂，总是要通过不断督促自己上进来获取新生。

在行进的过程中，假如你看到了别人的错误，向别人提出建议并提供帮助，或许这会使别人不高兴。但是一个真正的君子，要敢于对那些麻木不仁者说出真意。

正与邪的碰撞，对与错的撞击，正义的围堵把邪恶击回到原处，直至体现出真理的轨迹。

我们每一个人都应该做一名评判"善"与"恶"的观众，因为这关系到一个人美德的形成。

人，为什么要不断地进行思考？为什么要把自己的言行照一照？原因很简单，因为清醒的思与辨，能及时地修正自己的问题。

把计划放在追逐黎明的路上，你就会心明眼亮，这样才能更好地收获生命中的春华秋实。

心智健康是第一生命

不同的人有不同的愿望。到底什么样的人生更精彩？近来，老年朋友们在网上传来传去的帖子中或多或少都谈到了健康的重要性。比如说，如果你有 1000000 元的财富，后面的那些"0"分别代表金钱、地位、名誉、家庭等，而前面的那个"1"代表了健康。有了这个"1"，后面的那些"0"才有了意义。你想，即使你腰缠万贯、富甲一方，或高官厚禄、事业发达，或貌如天仙、多才多艺，如果体弱多病，终日离不开药物，这样的人生岂不也是暗淡无光？

上述说法有它的道理。但我认为，人需要健康，但健康不是衡量幸福的唯一准绳。人生在世，健康固然很重要，但如果活在世上，没有自己的思想，没有奋斗的目标，没有朋友之间深厚的友谊，那么，自然也谈不上什么生活质量。这让我想到了身边几个正值壮年的孩子，他们或高中毕业，或大学毕业，有的甚至是名牌大学毕业，但都一天到晚在家待着，家长照顾着，吃好的、喝好的，不工作、不成家，一不高兴还甩脸子。这些孩子现在都已经四十岁左右，看起来无病无恙，身体良好，他们自己是挺幸福的，可是家长们呢？他们大都不愿意提及孩子，甚至一提到孩子就唉声叹气。前段时间看到一个资料说韩国 20~39 岁的人中，啃老族就有 42.8 万人，占该年龄段青年总数的 4.7%。

即使他们身体健康，没有烦恼横生，但又有谁能说这样的人生很有价值呢？

人的行为，是心的映照，正是因为人有自己的思想，所以才有不同的人生。在我看来，人生第一要素是精神健康，且具备一定的智慧。纵

观古今中外，但凡圣贤哲人，无一不是胸襟开阔，智慧迭出。即使有人体弱多病，亦能恬淡豁达地直面人生，如现实中的张海迪以及残奥会体育健儿等，身残志坚活出精彩人生的大有人在。

父母为孩子不必要的付出越多，孩子自己锻炼的机会就越少。人生，最难得的是自立。自立并不意味着不需要别人的帮助，而是强调自主，不能成为他人的附属物。独立也不意味着排他性或者封闭性，而意味着要有自己的思考和判断。人不一定非得孔武有力、健步如飞，但一定要有自己的思想，走出家门，通过自己的劳动去获取生存的物质基础，承担自己的社会责任、家庭责任。

人，不能被生活所奴役，也不能还没努力就宣布失败。从一开始，家长就应该与孩子一起做好规划或进行策划，避开那些干扰的因素。人生在世，不能虚度光阴，人生这本书要让孩子自己写，家长要帮助他们在人生的不同阶段扮演好自己的角色。自己的孩子，扶他一把，这也是给自己减负。

我们做父母的，应该首先树立信心，想尽办法帮孩子走出阴霾，获取新生，使他们趁早走上"自主而充实"的人生道路。对于自己的儿女，做家长的绝对不能放弃，打开心门的，可能就是最后那一把钥匙。莫回避那些令人讨厌的过往，我们应该做的事情就是别灰心，从头开始，就像教小孩子学说话、走路一样，同时运用一些心理学、医学等方面的知识，试着用恰当的方式把问题成功解决，把遗憾转化为惊喜，帮助他们看到积极的、光明的一面，从而再赋予他们一次新的生命。

人生，让心灵和身体一起上路，让孩子掌握好自己的生存策略，驾驭自己的人生，勇敢地走出家门。自己需要的，用双手的劳动去挣，那么，这个家庭才能够迎接那些绚丽的彩虹。

人的差异性

人生在世，自当尽其所能追求卓越。

例如，家里每年秋天都养蝈蝈，等到天气渐冷虫儿长大，在屋内晴暖之时，它就开始鸣叫，高兴时能连续叫好几分钟。每当喝下午茶时，我都愿意坐在窗前一边晒着太阳，一边看书报，把蝈蝈笼放到一个稍远的地方。那一天，忽然看到我老伴也凑过来看报纸，手里特意提了蝈蝈笼放到窗台，人家说愿意听着鸣叫看，这是他的一乐。

眼前的一幕让我想到了多年前某杂志上刊登的一篇文章，说的是一位中国留学生在国外租住的房间里租了一架钢琴，每天下午三四点钟奏曲一小时，邻居强烈反对并诉诸法律的事情，几经周折，这件事才在物业管委会的调解下平息。但是，有的邻居却表示愿意听她那悠扬的琴声，有时几天听不到琴声，外出碰到时还会问起。

以前在医院陪母亲时，住在同一间病房的一个病人，和我们分享对电视节目的喜好。比如春节联欢晚会中主旋律歌舞类节目，他欣赏不了，电视上每每演到此类节目他便会换台。

以上三件小事，让我第一次想到了人在理解某些问题上的差异，从这些现象中我似乎悟到了些什么。

就一般人来说，我们大都不是学音乐专业的，对音乐不甚了解，但这并不妨碍我们听或者喜欢，但是有的人就是听不了看不了音乐节目，这种情况，我还是第一次听说。

你说，这样的差异性怎样才能解释清楚？所以，在人生的路上行走，我们要以积极的心态去面对生活，即使遭遇到了反对的声音，也不要轻

易放弃自己的努力，既要标记和审视偏见，也要正视那些客观的评价，即使有时你做的事情遭到了反对，你需要的是保持清醒的头脑，克服不良情绪，并向积极的方面多做努力，从而找到正确的解决办法，再接再厉，勇敢向前。

上述事件让人很难绝对区分出谁对谁错，这是个人的喜好问题，不能一概而论。

你说呢？

他们使我变成自己喜欢的样子

人的成长具有不可替代性。在人的一生中，让自己变得更好是解决一切问题的关键。

知识不是礼物，不能赠予，也无法继承，只能靠自己好好学习去获得。我相信，对于学习，只要你肯参与其中，那么，你定会有所收获。即使成不了大人物，也会凭借自己的能力在这个社会中发光发热。

在诸多关于学业和社会成就的故事中，我有幸了解了几例改变学生人生轨迹的教师和家长的故事，下面的两个例子足以说明他们在孩子成长过程中的重要作用。

小阳的故事

通过一次难得的机会，小阳的父亲与我分享了自己孩子的成长轨迹。

小阳读初中时，学习不够上进，整天吊儿郎当的。初二这年，小阳的父亲生了一场大病，好长时间上不了班，因而有时间和儿子一起磨合。暑假的时候，父亲把儿子叫到跟前，语重心长地说："你不能再这样下去了，以后的路得你自己走，你要把握好现在的自己，为未来负责，再不抓紧学习，将来的你能干什么？你不能在社会上当一个小混混啊！"家庭的变故足以将一个灵魂震醒，会深化一个人对生命意义的认识。这个暑假成为小阳激励自我、提升自我的起点。经过反思，初三一开学，他主动向班主任汇报了自己的想法："我想好好学习。"班主任首先肯定了他的积极性，然后把他这个大高个调到了教室中的最前排，以确保他能集中精力听讲，在学习的其他方面也尽力地给予帮助和关怀。小阳经过一学年的自主努力，成功地考上了高中，高中毕业时，他以高分被山东理工大学录取。

小阳很清楚在人生的关键时段，是父亲的教诲、老师的帮助才让他得以改变，而另一个更重要的原因则是自我努力：一是我想学，自觉自愿；二是自己马上行动起来，不放弃向上的可能。家教、师教的多方帮助，加上个人的自我约束，自我努力，这个磨合过程所产生的影响是巨大的，这直接改变了小阳的人生方向，使他对自己的将来有了更多选择的余地。

这个例子充分说明，只要你想成长，绝处也能逢生。对于学习，一是要有目标，二是全力以赴，百折不挠，激起自己的上进心。

小翁的故事

小翁上学时刚满六周岁，是班级里面年龄最小的一个，一年级时她在班里成绩居中游。上二年级时，由于老师倡导家长和孩子预习功课，同时，在学校老师授课兼辅导作业的帮助下，二年级期末考试时，小

翕语数外三门功课均获得满分，进步非常明显。运用同样的方法，班级内 40 多名学生，竟有 10 名学生三科得满分。这是一个多么可喜的成绩啊！

自信是需要知识来支撑的。教育的最高境界就是让孩子觉得这一切都是自己可以做到的，孩子只有自己觉悟，才能使一切变成可能。知识面的宽度决定精神的高度。对孩子来说，不管以后做什么工作，首先要做到的都是从小打好基础。

从以上两个例子中可以看出，孩子的成长离不开家长的参与。那些认为孩子的学习、作业都应该由老师负责的观点，是绝对站不住脚的，那些"甩锅"给别人的家长是对自己子女不负责任。

当然，在这当中，教师是不可忽视的重要因素。纵然孩子想学，你还得好好地教。像小阳的老师，并没有因为小阳学习不好而在教学上粗心大意，正是因为这些默默无闻的教育工作者辛勤努力，才使得学困生也能取得进步。

在这里，我要为广大教师发声，哪怕班里有一名学生有进步，那么，老师的贡献也特别值得称颂！正因为有了这些优秀的教师，有了这些明智的家长，才有了孩子自信的今天。

我也想提醒一下孩子的家长，任何一方教育的缺失都有可能造成孩子终生的遗憾，因而，我们绝不能撒手不管！

人应该从精神层面不断提升对生命意义的认识，探究生命的美好。要享受成功教育，家长、学生都必须主动参与其中，并进行自我激励、自我约束，最终才能达到"自我超越"的目的。

因此，人要好好把握学校教育。

珍惜生命　让灵魂闪光

对生命意义的感受，与人的灵魂有关。

生命就是人从出生到死亡之间的整个过程。这是一个有趣而漫长的过程，生命给了我们时间，让我们心灵的翅膀慢慢舒展。

正因为如此，人只要活着，就要以快乐的方式活下去，可以没有富贵荣华，但一定要有快乐的灵魂。

把生命中的点滴感悟上升到理性的层面去思索，你会发现，人这一生，如果活得阳光、正直向上，在此基础之上再去追求美好的理想，那么，你的人生将是幸福和快乐的。

怎样珍惜生命？这个问题令人深思。

个人认为，从某种意义上说，经营好自己的人生就是珍惜生命。

人生贵在好品质的养成。人的一生包含了许多成长和进步的阶段，必须循序渐进。人要及早投资自己，使自己具备良好的思考、学习习惯，以适应时代的发展和进步。在实践中逐步获得创造财富的能力，这是人最珍贵也最可靠的生存本领。

修身立志必须了解社会，认识自我，明确自己的生活愿景。就人的本质而言，要充分认识到自己有责任去创造条件使人生美好，从而努力提升自己的价值，追求卓越。要不断学习，充实自己，提高自我成长的能力，打造自己的亮点。美国教育学家戴维·斯塔·乔丹曾说过："没有正确的生活，就没有真正卓越的人生。"如果你希望自己的才华不被埋没，那么先修炼自己的基本品德，信守承诺，这样才能享受到真正的成功与恒久的幸福。

人这一生，必须活好当下，要乘着波浪前行。苏格拉底有句名言："知识即美德。"意思是美德是在教育中习得的，如果没有足够的知识储备和思考能力，也就不存在美德。

一辈子很长，你可曾认真地思考过要在这世上留下点什么？愿我们在自己生命的长河中都能有所收获。你要相信，这是一个知识真正有用的时代，并且，你必须努力，才能过上更好的生活。别人拥有的，你不必羡慕，想要什么，自己主动去争取。要找到自己的兴趣所在，选择自己的人生跑道，从而活出别样的人生。要学会做人，在学习成长的过程中，参悟人生意义，实现人生价值。

人，指望别人总是很难，因为谁都无法代替你成长。真心希望每个人都能通过自己的努力，使生命之花开得灿烂、五彩斑斓。

学习和成长是最值得的投资。在生命的长河中，通过努力，我们都成长为自己喜欢的模样，然后再被别人喜欢，那么，我们的人生将会过得更加从容，更加幸福。经营好自己的人生，哪怕做一棵小草，也要活出生命的光亮。

眼中有故事，灵魂才能有感觉，心中自然产生快乐。让我们做个新时代精神丰富的人，用心欣赏生命之花，你的灵魂必定闪光！

一位母亲的伟大

无常的生命总有一天会逝去，我们来到这个世界，不光是为了索取。

生命用爱让幸福发生。

这是一个关于一位 90 岁老人的真实故事。

我有幸与这位老人前前后后交往了近十年，她是一位离休老干部，每年到人民医院疗养一至两次。老人共有五个子女，那个年代，因工作忙碌，孩子断奶后就送回婆家或是娘家，让家里老人帮着带，孩子长大以后再接回自己身边。据老五说，他在乡下爷爷家长大，等回潍坊时老大已经参军去了，所以，子女与父母之间、兄弟姐妹之间就显得很生分。

因接触的时间长了，老人住院时只要有可能，就首先要求和我母亲住同一房间。有一次，老人主动征求我对她家怎么养老的看法。老人没学过做饭，也不愿意吃剩饭。好在一直住单位宿舍，全家都可以到单位食堂买饭吃。八十岁以后家里请了一位保姆，八小时工作制，管打扫卫生，中晚做两顿饭。晚上则由子女轮流陪伴睡觉，每周一轮换。几年以后，大儿子、二女儿先后退出了陪伴老人的行列。其他三个儿子虽然还陪老人，但也都是满腹牢骚。我与他们都有过不同程度的接触，知道他们的身体也都有一些这样那样的毛病，有的生活也不是很宽余，其中老三曾患癌症，刚刚恢复过来。这样造成的后果就是，老太太的早饭吃得很糊弄，她住院时早上到医院，总是自己带块月饼或点心当早餐，虽然她本身还有糖尿病。

一次，老人和我说，自己年龄大了，就怕有个闪失时，身边没有个人，让我给她出个主意。我知道老人自己不怎么攒钱，吃的、用的都是随便买，从来不给孩子们。我告诉她："这样下去你自己也管理不好自己，早饭吃不好就是一个大问题。以后无论哪个孩子值班，你一周给他们 500 元钱，让孩子与你一同吃早餐，剩下的就是孩子们的福利了。"我还和她说："你趁自己还行，早早立下遗嘱，孩子们谁伺候你谁得遗产，不伺候的没有，

免得以后他们打官司。"

没承想老人还真就这么做了。

2020年的秋天，我估摸着老人有一年没来住院了，和我哥聊起此事，我们都还怪挂念她的。

又过了些时日，听我哥说，他在街上碰到老太太以前的保姆，保姆说老人因车祸去世了，老太太早就留下了遗嘱，财产五个子女均分，并不是不伺候她的就不能分得遗产。

听到这样的消息，开始我还感觉惋惜，后来一想，还真该给这位母亲点赞，她的遗嘱体现的是母爱的伟大。

做自己生命中的英雄

2023年，卯兔接替寅虎成为轮值年。这不，新年一开始，一则有关兔子的视频就吸引了无数人点赞。

视频内容是这样的：一只奔跑的兔子被两只大猎狗围捕，猎狗杀气腾腾。在眼看被追上的时候，兔子忽然身体腾空，立马来了个急转弯，快速地逃走了，令两只猎狗猝不及防。猎狗步幅虽大，但体型也大，转身掉头就比较费劲，耗时也多，与兔子的逃跑存在时间差。就这样一个回合接着一个回合地追撵，猎狗追了数公里之远，这时双方都已经精疲力竭，但兔子隐忍着坚持了下来，最后在猎狗万般无奈的情况下快速地逃走了。

这个故事很励志，看得我热血沸腾。

我在想，一只小小的兔子，费了那么大的力气，究竟是什么支撑着它呢？思来想去，我认为应该是动物求生的本能。正是这一本能让它能够逃脱猎狗的围捕。那只奔跑的兔子如果稍一疏忽，立马就会被两只大猎狗吃掉。但是，一次又一次，兔子始终坚持在凶险困顿中折返奔跑，机智脱逃，最终甩掉了两只猎狗，视频中的画面着实有些神奇，给了我一个意想不到的惊喜。

想想也是，在我们的一生当中，有什么比健康更重要，比生命更可贵？那只奔跑的兔子如果不是足够健康，它就不能坚持疾速跑几公里，如果没有机智的应对，没有充分的信心，没有耐力，它不可能取得最后的胜利。

同时我又想到，人只要活着，还是要有一点精神的，要有一种"我命由我不由天"的气魄，无论遇到多少坎坷和身不由己，只要是从问题着手，从条件中寻解就可渡过难关。

成功贵在坚持。这场野兔对猎狗的较量启示我们，强大未必是胜利的因素，智慧的运用才起到决定性的作用。我们要学习兔子勇于求生的精神，做自己生命中的英雄，当身处挫折或险境时一定要鼓足勇气，居危思变，迎难而上；在处境不利于自己的情况下，精神不能松垮，要不气馁，不放弃，鼓舞自己，机智地选取最佳策略，以智取胜。

人生百年，谁都不可能一帆风顺，只要活着，就一定要学会坚强，用顽强战胜一切困难。在挫折面前保持积极进取的精神，时刻保持理性的头脑，不管人生道路上遇到什么难题，都绝不能退缩，要敢于动脑，直面应对，想方设法剔除一切不利因素，把握制胜的要点，排除万难，力争全面胜出。我们要学习野兔的奔跑精神，跑出人生光明的前程。

让我们去做自己生命中的斗士吧，要相信办法总比困难多，做生活的勇者，在生命的搏击中增长自己的智慧，丰富自己的阅历。只有在斗争中学会成长，人生才能走向真正的辉煌。

写到这里，我也给那只小兔子点一个大大的赞：

猎狗剿兔猛发力，微妙机智险中奇，极限脱逃困顿解，丛林旷野展绝技。

看视频不仅让人饱了眼福，还叫人增长了见识：原来，兔子不仅机智，还身揣奔跑的绝活！

2023 年暑假公益课堂讲课内容：生命教育

立志才能笃行

人为什么要立志？因为志向让你与未来的自己有了关联，它能引导你的人生向好的方向发展。

有了目标，你就有了奋斗的力量。人都是在希望中长大的，充满希望的人才能维持更健康的身心状态。一个有远大目标的人不会轻易被眼前的困难吓倒，只有设定目标，才能为实现目标而努力。茫茫大海中的航船，若没有指南，就无法到达彼岸；冥冥夜色中的行人，若没有灯光的指引，就无法到达终点。所以，人有了志向，就有了希望，也就有了前进的方向和动力。

一、立志是一件很重要的事情

志不立，天下无可成之事。

正因如此，青年时期的毛主席，准备离开韶山去长沙求学，去广阔的天地锻炼，临行时留给父亲一首七绝："孩儿立志出乡关，学不成名誓不还。埋骨何须桑梓地，人生无处不青山。"从这首小诗中，我们已经看到了毛主席从青年时期起就胸怀远大抱负。

王阳明在他十二岁那年立志做个圣贤。他说："志不立，天下无可成之事。"

人，往往是先有态度，然后再获取能力。立志，是人自立的开始。人不立志，就好像植树没有深埋其根，只是培土、灌溉，徒劳苦劳，终究无成。

立志是成功的前提，因为理想的存在，我们对这个世界的看法有了改变，你想一想，人生的旅程中，成功在等着你，那将是一件多么美好的事情！

立志是一种精神，是一种使命，是一种人生态度。心中有了目标，我们做事情时就会为自己的行为负责，知道应该做什么和不应该做什么，因而能够更好地把握成长的每一个环节，把自己最强大的力量施展出来。人生需要有志向、有梦想，这是一种向更高目标跋涉的动力。有梦想的人面前才有路，为实现梦想而不懈奋斗，不虚度年华，在学习和生活中就能最大限度地发挥自己的主观能动性，为社会创造价值。

二、勤勉是完成志向的保证

生活的信心来自志向的确立，而成功的基础则是不懈奋斗。一个勤

奋的人，在实现其目标的过程中更容易找到实现目标的方法，并以此来推动自己目标的实现。

"但得有心能自奋，何愁他日不雄飞。"勤奋读书，让大脑装满知识，在现实中加以灵活运用，保持大脑的思维活跃度，学用结合，将知识转化为自身的技能，只有这样坚持下去，依靠自身的自立自强才能赢得未来。

努力争取在读书学习中寻找光。勤奋的同时，还要执着于习与得的共同构建。学习，尽量与志趣结合，在知识获取的过程中历练能力，把有用的语句深思熟记，然后结合实际加以利用，如此往复获得的能量，可以增添你做人的底蕴。

三、顽强的意志力是确保理想实现的前提

为完成自己的抱负，你必须有顽强的意志。从某些方面来说，意志力比智力更重要。意志力必须从小就开始培养，一个有坚强意志力的人更容易使梦想变为现实。因为意志坚定的人在生活中往往比那些所谓的"聪明人"走得更远。

先思考再行动是一个人最重要的做事准则。对任何事物的产生发展，你都要理智地分析，最后形成正确的处事方向，只有做到这些，才能避免错误和麻烦。"三思而后行"就是智慧与行动的完美合一。

先对事物进行详尽的探究，再进行慎重的思考、清醒的辨别，在这个基础上，尊重事物的发展规律，分清事物的精华和糟粕，才能抓住事物的关键，这时，一切矛盾就迎刃而解了。一个明智的人，能够根据事物细微的特征，去推知事物的发展规律，度权量能，了解事物产生发展的过程，最后取得成功。

人生，志要立，意志要坚，要敢于大胆尝试，在实践中体验一份真正属于自己、适合自己的人生智慧。想想自己爱好什么，具备哪些特长及优势，做自己力所能及的事情。

人生路上的风光无穷无尽，人类的事业没有顶点，每个人都是一颗具有无限可能的种子，你会在哪里生根发芽，取决于你的志向和能力。认清自己，发奋努力，就是进步的开始。

苔花如米小，也学牡丹开。要在学习中慢慢领悟生命的价值，等待生命这朵鲜花绽放开来的时刻。

因此，立志、勤奋、坚守目标、努力奋发，自然会在将来的社会中找到适合自己立身的位置。

四、学习是第一要务

如果你已立志，那么，就应该向着自己的目标努力实践；但如果你还没有弄清楚自己将来想要干什么，也不要紧。只是请你抓紧了，在该学习的年龄，还是抓紧时间踏踏实实地去学习为好。读书通世事，读书能使人开阔眼界、提振精神、增长知识。

人的一生最靠得住的就是自己，我们最需要的帮助，恰恰正是实在、顽强的自助。人，需要主动学习，要不断地给大脑和身体补充足够的营养物质。你现在的学习状况将决定你十年后、二十年后，甚至三十年后的生存状况。保持　个学习者的姿态，才能史好地搏击未来。

你无法要求世界给你一个未来，再远的未来，也必须从现在开始去努力。如何改变自己是人生最大的难题，思考是自己的老师，成功不是说出来的，而是做出来的。只有聪明的人才懂得如何去经营自己的人生，

想拥有幸福，必须努力进取，只有活好今天，才能拥有美好的未来。一个勤奋努力的人，必将拥有世界上最有意义的人生。

知识的作用终究会在你的人生中逐渐显现。

2023 年暑假公益课堂讲课内容：励志教育

当书香穿过大脑

人最正确的选择，是不间断地对自己进行再教育，人的成长就是一次又一次精神探宝的过程。

读书可以明理，读书可以给人带来快乐。坚持读书，可以开阔人的视野，也会带来意识的觉醒。所以，你再忙，也要抽时间静下心来集中精力与书来一次亲密接触。

智慧怎么来？阅读悟新知。

要把阅读当作自己的一种习惯，当作滋养精神的一种方式。用心阅读，是一切认知和行动的基础，要努力训练自己更深层次的、更有意识的阅读能力。学习别人，才能完善自己。脚步丈量不到的地方，书籍能带你过去，要在书中找到自己前进的力量，从而成就一个更好的自己。

对于任何人来说，读书都不是一蹴而就的事情。任何人在学习之初，难免会感觉看书学习枯燥乏味，但当你对某一知识点钻研上十年、二十年，你再回过头来看看是一种什么感觉？当你已经养成理智思考习惯的时候，当你看到问题有解的时候，当知识和大脑的统合能使你自由发挥的时候，你的"趣"和"乐"自然就显现出来了。

朱熹的《观书有感》说过："半亩方塘一鉴开，天光云影共徘徊。问渠那得清如许？为有源头活水来。"阅读中，书页里浮现的天光云影只有你用心去悟才能够体会得到。

我对阅读的感悟是：史书过脑联想出，拣得智慧脑中储。浮云微浪笔跟进，摘露解味字安居。阅卷久作趣悠悠，妙手到处彩霞铺。有心往来共欢情，岂畏人生无坦途？

因此，我们只有用心读书，才能得到真正的乐趣。书，当你真正读进去时，才能引导你去探索其中的奥秘。

在这里我想告诉大家，阅读的益处是，当你花费精力汲取了书中的精华时，它会给你带来精神的欢愉，这是任何物质都无法比拟的。所以，请捎带上生活的感悟去读书吧，阅读中，那文字的光和影有意无意间从大脑穿过，坚持下去，就能换来自身的格局与气度。当书香穿过大脑，每每都有新的思考在头脑中滚动，精神的滋养必将塑造你不一样的人生。

2023 年暑假公益课堂讲课内容：劝学

平凡人也有好故事

讲好中国故事，激发中华智慧，传递爱国情愫，做个出彩的中国人，是我们大家应尽的责任。

"江山如此多娇，引无数英雄竞折腰。"在中国历史发展的长河中，曾有无数爱国英雄人物给我们留下了一个个有气节的动人故事。

例如，岳飞的故事和他的词《满江红》一起，让后人颂扬。满腔英雄报国志，一曲壮词唱到今，而且经久不衰。

还有，天安门广场的人民英雄纪念碑，就是为了纪念那些为中华人民共和国诞生而捐躯的人民英雄设立的，英雄们为新中国的诞生献出了宝贵生命，十四亿中华儿女以此来记住他们的故事。

清华附中的校长组织学生在暑假与贫困山区的学生结伴，一个月的一对一接触使学生们深受教育，回校后，学生中有的表示自己有责任去改变这些地方的贫困落后状况，从而立志用自己一辈子的奋斗使这些地方富裕起来，使山区的贫困家庭富裕起来，让大家共同富裕起来，这又是一个爱国励志的好故事。

当今的中国，既需要钱学森式的为国家无私奉献的科学家，也需要杨利伟式的航天英雄，更需要大批像那位校长培养出的学生那样的，希望参与到新时期中国建设发展中的有用人才。

我们大多数的老百姓，生来都是平凡之人，有可能一生也当不了英雄，但英雄们的事迹对我们有一种感召作用，因为，榜样的力量是无穷的。

那么，我们的一生究竟应该怎样度过？我认为，既不能急功近利，也不能不上进或者是投机取巧，而应该回归人生的常态，继承先辈们忠于祖国、甘于奉献、勇于探索的伟大精神，把英雄的故事中蕴含的精神传承下来，以英雄为榜样，激发自己的爱国情怀和强国志愿，把先辈们为民族大义、为祖国强盛勇作贡献的精神"揉"进自己的骨子里，努力学习，埋头苦干，一步一个脚印，大步向前，要在创造社会价值的过程中提升认知、提升自我，为实现中华民族伟大复兴贡献自己的一份力量，让平凡的我们在建设中国特色社会主义的道路上闪烁出自己的光。

希望大家在仰望英雄的同时，不要忽略了我们身边的人。正如树枝上的一个小芽，明天它将是一片翠绿，每个人都蕴藏着能量，有时，好的故事就在身边，抑或就是我们自己。

奋斗中的祖国新一代也必定能够解读出一个个"你和我"的好故事。

2023年暑假公益课堂讲课内容：爱国教育

梦想成就人生

梦想，就是有时梦中也在想，是指自己的渴望。这是一个非常浅显易懂的道理，它道出了几乎人人都有的感觉。

梦想可大可小，举个例子，人的一生，年轻的时候最好，身体健康，朝气蓬勃；成年以后，人们又都梦想追求长寿，现在长寿的办法也越来

越多，全球人均寿命一直都在延长就是很好的证明。

我认为，无论什么年龄，都不能白白浪费时间，必须把握好当下，抓紧时间学习提高。

人不可以无梦想，因为梦想可以开阔人的心胸。用梦想来诠释人生，用努力来诠释梦想，这是一个改变人生的最佳方法。有梦想就要努力去追求，这种发自内心的动力，会激发人探知未来的勇气，去增加自身知识的储备，有梦想的人自会产生奋进的力量。一个个小梦想的实现，让你体会到不同的人生过程，体会到复杂而又真实的人生，别有一番滋味在心头。那些小梦想的实现，会给人带来一种出尘脱俗的精神愉悦，这种小确幸足以让人久久陶醉其中。

在人生这条长长的赛道上，最终能够取得胜利的，都是那些心中有梦想、行动有力量的人。

梦想就是自己设定的奋斗目标，它不需要高大上，但一定要切实可行，然后围绕目标想方设法地去完成它。那些比较切合实际的梦想，永远不会腐烂，总有一天它会在你的期盼和不懈奋斗中回馈你以惊喜。

这也让我想起自己曾经的梦想，爱上写诗的时候，盼着自己能出版一本诗集；写到第二本诗集时，又梦想着去当老师；在教学生的第二个暑期，我又梦想着当个作家，出版一本散文集。对于自己追梦的过程，不用过多进行阐述，我的梦想在发愤图强中被实现。在这种对梦想的渴求中，我感到非常幸福。人，正因为有所追求，才有进步后的满足，这值得回味一生。

一个个梦想的实现，夹杂了多少对知识的积累，个中的分量，是食能止饥般的存在，凭借对精神力量的坚守，拨开那些混乱与迷惘，我全力奔向自己生命中的那束光。

"自信人生二百年，会当水击三千里。"我相信，一个人只要愿意为了自己的梦想全力以赴，不懈奋斗，就一定能够赢得精彩的人生。

人因为有所追求，所以努力奋斗，在岁月的磨砺中因坚持而长进，让我们在追逐梦想的道路上勇敢奋进，创造出自己的人生价值。

2023 年暑假公益课堂讲课内容：理想教育

人生成功需要脚踏实地

做个成功之人不一定非要读很多的书，但一定要多思考，要善于和自己的心灵对话。追求成功，首先要实事求是，别好高骛远，最有效的方法是把握和运用好个人优势，这对任何人来说都是一个最简捷的、最切合实际的方式。

即使我们所面对的竞争越来越激烈，也要勇敢积极面对。从另一方面来考虑，压力也有它积极的一面，人有了压力才能有针对性地去学习，以寻求解决方案，于是，生活也就有了滋味。

人，无论做哪一行都有成功的，也有失败的。但是，人天生吃苦耐劳，不论遇到什么困难，都会想方设法去克服。克服困难的过程，也是增加信心和能力的过程，只有经验丰富了，本领增强了，才能慢慢地走向成功。以后再面对复杂的挑战时，自然也能应付得了。

　　我在这里举两个真实的例子就可以充分地说明问题：第一个例子，我家的对面是小区的二期工程，今年进入了外墙处理阶段，十七层高的大楼，最后两遍外墙涂料漆层、划杠是由一对小夫妻施工。两人同时掌握同一门技术，工作起来就像在作画一样，他俩信心满满，精力充沛，两人稳定的感情体现在工作上的信任和技术上的互补。看到这对小夫妻掌握这样的技术，我不禁想到，我们从事什么工作，都不要攀比，也不要着急，要紧的是弄懂和确定生活的大方向，把学习和实践紧密结合起来，以自己的一技之长为人类作贡献，这才是有意思和快乐的生活。

　　第二个例子，是 2023 年诺贝尔化学奖得主巴文迪，他从大学一年级只能考 20 分的学生成长为诺贝尔化学奖得主，称自己的秘诀是"好奇心"。好奇心驱使他创造出连自己都无法预测的研究领域，他也惊讶于自己在该领域的成就。

　　人，难免会有失败的时刻，但绝不能主动放弃。在困难面前别慌张，请冷静思考，给自己行动的力量，要学会拉自己一把，只有想办法应对并克服困难才能使自己拥有坚毅的品格，具有更强的抗挫能力。如果你现在处于工作的不利境地，千万不要被面前的困难限制住，而要充分发挥自己的智慧和主观能动性，为成功而努力。

　　请好好思考一下，找准自己的位置，用脚踏实地去书写我们最真实的人生。

　　　　　　　　　　　　2023 年暑假公益课堂讲课内容：生命教育

小气也能赚大钱

"大气"与"小气"是一对反义词，大气也好，小气也罢，每一个词都可以从正、反两个方面去理解和论证。

十多年前，我曾经看过一个真实的故事：宁波的奥克斯集团是中国空调业中的佼佼者，就是这样的一家大企业，却"小气"得很。为了省钱，公司制定了一整套的量化方法，使得勤俭的风格深深地植根于企业文化中。

例如，一位高层主管在公司企业会议上发言时手持的讲稿打印在一份废稿的背面；台前流水线工人因不想浪费而单腿跪地从操作台底部用扫把扒拉出一颗小小的螺丝钉。正是因为大公司的"小气"，外国参观团在走访完几家企业后，爽快地与奥克斯集团签订 500 万美元的订单。奥克斯集团以自己的"小气"赢得外国参观团大气的订单，给人留下了极为深刻的印象，也给自己的集团迎来了进一步发展的机会。

一张纸用两面、捡起一颗小小的螺丝钉，一桩桩，一件件，奥克斯集团的"小气"里面体现的是中国"厉行节约"的传统美德，这种"小气"在外国参观团眼里，是中国公司勤俭持家的理念和精神。

所谓的大气和小气，人们无法用眼睛或者是计量器具来衡量，但是，从这件事中折射出的道理却值得我们研究和深思。我想，无论是对公司的管理还是一个人的成长，只有方法得当，才能够在知识的应用中促进格局的提升，而这，才是最重要的。

我所理解的散文

作家冯骥才说："散文是悟出来的""散文最终只是写一点感觉、一点情境、一点滋味罢了"。这话一点不假。只是我还想再补充一下：散文是对书中的精彩内容或观点加以吸收并应用到自己的文章中进行联想编织所组成的新的文字。

依我之见，读书不要带有功利心理，它就是闲暇时顺便提升自己的一种手段。从某些方面说，它还能满足自己的一些好奇心，甚至有时还出其不意地带给你几个当前所迷惑问题的答案，随后，一篇篇散文就很自然地从心底流淌出来，看一本书或者是读几篇文章，解决了头脑中储存的得不到解答的问题，这也算是一种收获吧。

有时候为了备课，我会事先设计好题目再去读书，心中理想的答案往往不好寻觅，那么，就先把它暂存在心底，不一定什么时候，也许就在博览群书的过程中发现解决前一问题的玄机。

现在看来，我真的喜欢上了读书。我发现，没有目的，反而更出效率。每遇到好的章节，我会反复地看、反复地想，必要时还会隔天再看，竟然会产生不一样的联想和观点，有时聚焦于文章的中心和重点，有时聚焦于书的散句和末段，书中的哲思会让我突然产生一种新的思想，正好帮助我解决了当前迫切需要解决的谜题，使写出的文章更顺畅，内容也更为丰富，这也使得我越来越喜欢这种学习方式。

有时候，一本书真的能让一个沉睡的灵魂醒来，引领我达到一个新的认知高度，让我有写作的灵感出现。这种自渡方式让我现在的日子过得快乐无比。

学习与写作是一个不断磨合挖掘的过程，也是一个发现自身价值的过程，一个人对书中要义的理解程度与对自己的理解程度成正比，在阅读中觉悟是一个人觉醒的最佳时机，每读一篇文章，就悟一点点道理。点点积累，成就了一个求知者写作的驾轻就熟。想清楚一件事情时，要敢于挑战自己的固有观念，转换角度，大胆发现探索。充分发挥眼睛和心灵的作用，才能看到远处更广阔的风景。勤于练习，收获必定多多。

一文一句闪灵光，目之所及生联想。

初心有梦瞬间解，遣词造句成文章。

第五部分

微小说

打 电 话

有天下午，一个老同学突然打来电话，两位老人先寒暄一番。打来电话的那位说："这几天光在家里待着，怪闷得慌，想找个人聊聊。"俩人一来一回聊了大半天才挂断电话。

第二天，接起电话，还是他。

第三天，他说还想再聊一聊。

……

就这样，两个老同学每天通电话。打到第十天，接电话的我有点不耐烦了，就告诉他："无聊你就在家看点书吧，我最近没事的时候就看几本，有时候一天能看十本，很好看。像《三国演义》《水浒传》《红楼梦》，我不光看，还连评带说。"他说："咱都这把年纪了，脑袋反应也慢，还老眼昏花，你得悠着点，可别叫它给累着。"我说："针对这一点，我有个小秘诀，如果你保证谁也不告诉，我就和你说。"他爽快地回答："好，你快说。"

我稍微停顿了一会儿，清了清嗓门，又咳了一咳，再次清了清喉咙，声音不大，说："我看的是小人书啊。"

此时，电话中的两位老人都同时听到了对方话筒里传出的哈哈笑声……

116

蜗　牛

身体里没有可以支撑的骨骼,肉身上背着一口大大的"锅",不急不躁,慢慢地爬呀爬。

它享受着自己自由自在的生活,谁也不知道它的旅途目的地在哪儿。

有人问它:"你这奇异的东西,难道你就不寂寞?"

它爽朗地回答:"我不知道什么是寂寞,遨游世界就是我的爱好,我能和万物直接对话。这,你就不懂了吧。累了我就躲进'家'里休息,又有谁能比得过?"

说完,它悠闲地爬上枝蔓,啃噬着树叶,尽显潇洒。

对　门

阴历八月二十日,是老两口对门小两口结婚的大喜日子。就着喜庆,老两口包了二百元红包送过去祝贺,收到了喜糖、礼盒的回礼。

这以后不久,在那寂静的夜,时不时地,那小两口开始吵架,吵架声震耳欲聋,他们像死敌一样互相斥责,吵得隔壁老头老太太连觉也睡不着。

无奈的老太太有一天晚上 12 点出去敲门,开门的是小伙,老太

太说："墙不隔音，动静别太大。"正在气头上的小伙不爱听，关了门不愿理她。

之后，两位老人只好躲着他们俩，从南卧室挪到北卧室。

天气逐渐转冷，想要睡个安稳觉的老两口又搬回南卧室。为了不再被干扰，老太太打电话给对门小伙的妈，让父母跟孩子好好说说，后来又找小区物业经理捎话。至于效果嘛，时好时差，欢喜偏少，失望偏多。就这样停停歇歇，似乎也静了一些。

哪承想，好日子不常有，隔壁的小两口又经常弄出声响，一些动静突然就出，还带有间歇。这边刚刚要入睡，让那边动静一惊，老两口又两三个小时睡不着。几天下来，这边老头犯了高血压，随后开始住院打针输液。

老头出院后，老两口商议，长期这样也不是个办法，这日子还得继续过。

先咨询一下换个房子吧。这一打听不要紧，小区里的房价最近已涨到了每平方米一万多。就算换，一时也搬不了家，装修还得时间，再碰上个什么样的邻居也还是不好说。

合计来合计去，装个隔音墙也不错。但一想，房子早已装修好，这上下左右的，声音还是不好隔。

这期间种种探索，各种琢磨，百般思忖，感慨颇多，最后逼出了简单且智慧的选择。

这天，老太太看见小媳妇刚出门，就直接喊住了她。老太太说："教师都是讲道理的人，我们之间有许多事情需要当面说说。现在嫌开发商盖的房子为什么不隔音之类的净是不顶事的废话。晚上相邻的两家能听见彼此的动静，是因为夜深人静，但动静需要小一些。是啊，都在自己家，没错。错就错在你们每天晚上的动静太大，以至于老是让我们惊醒睡不着。为什么要折腾出那么些响动？请检查一下自己的行为吧！责怪别人，不是解决问题的根本办法，我们都从自我检讨开始，把那些不良行为改一改。白天你们可以尽情闹，晚上十点钟以后，各人的动作尽量轻着点，不要再闹出响声，你们也需要早些休息，以保证足够的睡眠，免得第二天一大早总得让闹铃叫啊。"

只见她们俩一老一小一来二去，老少四目相对，没有了尴尬，没有了沉默，两人似乎成了知己，随即把那些未解的问题一一处理。

最后，那小媳妇说："还是这样说开了好，前些次您找人捎话根本就不是这么说的。"

这谁说不就掺杂了谁的一些自己的意愿，不是吗？

从此以后，两家的关系变得融洽起来，晚上各家安好静悄悄，表现出和谐与美好。

看来，解决问题的钥匙就是正视问题及沟通。有时，你的生活会变成什么样子，恰恰取决于你对问题的处理方式。这真是应了那句话：夜来噪音总扰人，思忖斟酌见精神。寻解沟通难题破，阳光再现驻心扉。赚得回应几期许，尴尬化作天地新。

邻里之间只有以诚相待，才能换来生活的圆圆满满。

人生一幕

每年的九月一日开学，幼儿园的门前都会迎来送子入园的妈妈。

当老师第一次将孩子从妈妈手中接过，换来了孩子那撕心裂肺的一声"哇……"

妈妈的眼里含泪，心里不舍，但她们仍狠狠心走开。她们深知，松手是信任，松手是寄托，只能在心里默默祝福：孩子，你要坚强，你要长大！

我们何尝不是那位妈妈？

花钱找乐和

时间，唤醒了人们的记忆。

一天，几个好哥们儿领着自己的太太到饭店聚餐，大家相互恭维的同时，也来了一番客气的寒暄。

围坐一桌，把酒言欢的同时，哥们儿时不时地抖落出一些人生励志的故事。聊着聊着，不知谁先开了个头，引起了人们围绕大气和小气的话题展开深谈，太太们顺道聊着聊着就又扯到了自己的穿衣打扮。

李太太的丈夫是大款，退休以后做买卖，赚了好多钱。人家老两口经常国内国外旅游。有钱，就是不一样，看这俩人穿的，浑身上下、里里外外都是名牌。李太太的衣服不光时髦，还颜色光鲜，奇好看。

张太太的丈夫是画家，多少年来，绘画、卖画也挣了不少钱，在大城市开有自己的公司，孩子上大学期间学的是化妆专业。张太太自小学习舞蹈表演，身材保持得好，用的化妆品奇贵，经过化妆，模样好看不说，端详起来还真是年轻了许多。

孙太太的丈夫是学者，女儿出了国，她去国外帮着带外孙，刚回来，说起国外的风土人情、着装和做派，说连80岁的老人都还化妆穿裙子，坐在街店吃着浪漫的晚餐，优雅地品着咖啡，时髦又风姿绰约。

于太太的丈夫是法官。她趁去上海旅游的机会到美容店拉了个眼皮，花了一万元，人一下子年轻了一小半。

太太们谈着自己的着装打扮，在花钱上一点也不手软，都在用心地研究着怎样来延缓容颜的衰老。她们自始至终都在炫耀着各自的美丽，仿佛设计好了似的，自然而然地展示了各人的消费观念。

这一通下来，坐在一旁的教书先生发了言："俺家里那位总也舍不得花钱，说起来让大家见笑，连买个菜都是傍晚天快黑了才到市场上转，和你们一比，你们那日子过得，真是让人羡慕嫉妒。"

乍一听到这番说辞，他的太太在边上有点坐不住，一下子羞红了脸。但见她只沉默了一会儿，就来了个大胆发言："首先，过日子，能省就得省着点，饭菜都是自己买、自己做，绿色就好，不一定就非得往贵里挑拣。但是，有时候还真就不差钱，这三年，买的什么《三国演义》《红楼梦》《水浒传》等十几套书一次就花了2680元，读书填补了我的大部分无聊时间；其次，每年订阅的书报杂志总能赚到邮局的奖励；再次，阅读书报的同时，自己开了眼，诗词、散文写了两本书。头脑的充实，精神的愉悦，直把那做人的底气添。"她一边陈述着一边从包里拿出自己写的已经出版的书，一家两本，并恳请大家多提宝贵意见。

哥们儿领着太太吃饭，谈话悟人生，也算是让在座的开了眼。教书先生的太太把人生的"第一大奢侈品"赚到手，是回答，也是对自己小气的合理答辩。

哥们儿与太太的饭桌上，世俗的烟火气中展现出多元的文化氛围，因了社会角色的不同而表现出各自不同的处世态度。所谓大气与小气的意义也是多重的，人们对自己需求的考量受所谓的自我感觉和喜好影响，个人的审美偏好在这里也起着决定性的作用。太太们用度大方都是着重于自己外在的模样和装扮，而读书的人则更注重自己内心的修养，以文字的形式让美在书中流淌，抵达脚步丈量不到的地方。读书，富养了人的精气神儿，让人走在渐渐提高的路上，以灵魂修炼之大格局透视，折射出生命的另一层光芒。

人人都识字，人人都会花钱，关键是这个钱想花在什么地方。钱，总要有一个自己的流向。读书学习收获的是一种乐趣，穿衣打扮也给人带来一种不可或缺的心灵满足感，经过慢慢思考，上面的任何一条都具备花钱的理由，商机在这里处处凸显：其一，现在很时兴的化妆品，当你花钱买到手，打扮出的脸蛋儿就是漂亮，正因为人人都爱美，所以在今天，化妆品很受人们的青睐；其二，人们的爱好又各有不同，如着装、吃饭、旅游、美容等，样样都能通过花钱达到自己的目的，找到让自己高兴的理由；其三，修养与学习不分年龄大小，买书、读书、阅报、悟道，这种花钱的方法也很时髦，买了书总是为了看，学习本身就是一种对花钱很好的回报，何况还有悟道后的感想和个人思维维度的提高。

在这里，无论怎么说，"乐活"最重要。老年人的世界，钱，最终花在什么地方还是要自己说了算，我们又有多少人会去感知他人的生活？喜不喜欢，因人而异，更何况各人有各人的特质，人，能够按自己的欲求有所选择，说明老年人的世界也充满了活力。

吃饭叙友谊，谈话悟人生。我忽然意识到，老年人的生命中仿佛开启了另一扇窗户，各人的脸上有各人的美丽，它沉淀着岁月的从容和大气。

第六部分

悦生活

生命是一首歌

生命是一首歌，它要求岁月不能停歇。

你我都是那歌者，我们要向着未来高歌。

歌与歌，唱词不同，曲调婉转柔和，

要想高歌猛进，必须努力拼搏。

就算遇到挫折，也要主动调整状态，寻找突破。

拼搏，拼搏，拼搏敲击岁月。

淬砺是生命中的弓和弦，

只有拉弓，才能奏乐。

那悦耳的声音，

随生命起起落落，起起落落……

生命的歌是拼搏

生活难免会陷入困顿，

这，谁都遇到过，你不必太在乎。

要调理好心情，思考能从哪个方向进行突破，

在追赶黎明的路上，我们要把汗水挥洒，

人生本就短暂，要尽量保持心境平和。

千百次的磨炼，成就你不屈的性格，

人生都不容易啊，哪有什么不劳而获。

唯有追求不变，

勇敢跋涉。

笑迎夕阳

如果你觉得人生的下坡路已经开始，请不要丧气，

当你把衰老作为一份礼物来看，

想象一下，会是什么样子？

我们要勇敢地面对，

把衰老看成表现自己的开始，

是生命盛宴的延续。

幸福就是爱，爱你自己。

来吧，为幸福投资，

积极的衰老观足以促成健康的身体。

这样，让我们抓住这晚年的生机，

以一种幽默的方式影响社会，

使自己活得更有意义。

我们的老年才刚刚开头儿，

有的是时间，有的是工夫，

请不要把年老当作"不作为"的借口，

快把那丧气的阀门关闭。

和当前社会和谐相处，

也许会让我们活得更长久，

活出健康的身体，

直觉随心来，如有神助。

你也试试！

正确看待健康与衰老

终有一天，我不得不承认衰老正悄悄与我们接近：美丽的容颜在消失，精力在衰退，健康的体魄不复存在。

我们应该怎样面对衰老，这个问题值得深思。

然而，衰老真的有那么糟糕吗？

回答是，也不尽然。这就如为什么有些老年人尽管年事已高，还仍然具有充沛的精力一样。

总之，人的寿命是以时间来衡量的，在有限的时间内，如果让身体在衰老的同时保持健康，大脑保持应有的活力，体魄仍然健硕，做到这些，就能确保生命的健康延续。

用我们的智慧去做一些对健康有益的事情，衰老虽然不可避免，但通过某些方法延缓衰老是可以做到的。

我们不要畏惧年龄的增长，要适度调整心态。你可以幻想一下，一个人就好比是一棵古老的大树，望过去，我们应该欣喜不已，因为不是人人都可以活到你这个年纪。

我们要从积极的一面去看待衰老这个问题。这时，我们需要做的是放松身心，放慢脚步，丢掉那些世俗的愿望，丢掉自私的心理，对这一美好的事情保持充分的耐心，为自己是一个身体健康的长寿者而暗自欣喜。

尽管我年事已高，但我的心脏还跳动得很好，我的大脑还很灵活，我的胃还能正常运转，我的嘴还吃嘛嘛香，我的手还什么都能干，我的脚还行走自如，这一切的一切，足以让我欣慰万分。

个人的优势现在已被挖掘出来，需要做的第一步就是要学会自爱，要继续超越自己，并创造价值。只要你想做，没有人能剥夺你的权利，这是生命该有的样子。超越的方式方法多种多样，你必须发挥出自己最大的本事。生命就是要保持健康快乐，不给家人和社会增加负担，活出生命的精彩。

第二步是要学习和不断尝试新的方法，把锻炼身体变成自己的娱乐消遣，预防老年疾病。试着做一个健康的老年人，使那个年轻的我和年老的我无限接近地活着。

第三步是要尽量避免和生活中的小确幸擦肩而过。尽最大可能用兴趣来填充空虚的日子，让思想的浪潮连续不断，学习新颖的知识，重新

塑造一个全新的自我，给生命注入新的活力，活，就健康地活着，活出生命的执着与斑斓。

让我们放平心态，不挥霍岁月，营养就餐，保持良好的作息规律，并不断充实、提高、完善自我。

觉　悟

你要知道，犯了错误不可远绕，
伪装起来，躲躲闪闪，误了自己，
这是一种大胆的小胡闹。

成熟之思维让我们学会自嘲，
学习新知让我们的心气更高。
深藏的智慧能治愈愚蠢，
让所有的龌龊之心都逃之夭夭。

人的至高境界是达到精神的跃升，
这种无形的信仰是我们对良心的宽慰，
值得肯定，值得为自己骄傲。

保持大脑的理智很重要，

认清本质觉悟更高。

啊，灵魂之高傲，
我爱你的基调，
一种永恒的芬芳，
与它相随的是幸福美好！

积攒幸福

既然幸福的结局人人喜欢，
那么，你从年轻时就应该开始把幸福积攒。
快来把幸福指数盘点，
看看你需要在哪里多投入一点时间、精力或金钱。

一是无烟的岁月越长久，
幸福账户的投入就会越多；
二是要适度饮酒，
才能避免身体陷入忧伤病患；
三是保持健康体重，
控制饮食，多吃蔬菜鲜果；
四是生活中要适当运动，

每天坚持不懈锻炼；

五是训练自己的有效应对机制，

找到健康的方法把烦恼避免；

六是不断学习新的知识，

进行终生且有效的学习，

保持积极的心态让幸福指数上升；

七是着力培养稳定而长期的人际关系，

包括婚姻、家庭和朋友。

只有满腔热情地去追求以上七个目标，

才能使自己在六七十岁时找到最大的幸福感。

年轻培养好习惯，

人生修养自修炼。

身体健康精神好，

延年益寿幸福添。

这，也是自己对幸福感的经验之谈。

爱是人成长的力量源泉

亲密的家庭关系及成员交流，
离不开爱的主题。
良好的家庭氛围，
是儿童健康心理形成的首要原因，
相信这一点对于成年人也一样有效，
它有利于为心理韧性奠定基础。
你可以想象，一个不和谐的家庭，
对孩子甚至于每个人的伤害有多么严重。

无论什么时候，
我们都无法控制别人的思想和行为，
但必须学会调节自己的反应机制。
我们从掌控自己的情绪开始，
避免在生活中形成习得性无助的心理。
我们无法预知生命中会遇到什么样的挫折，
但可以用爱的信念支撑自己度过困难时期。

亲密的、流淌着爱意的人际关系，
以身作则、坚持不懈的榜样力量，
以及正确的处事方法，
都有助于家庭成员的健康成长。

当家庭成员彼此关爱时，

我们更容易历艰克难；

当相信爱足够持久时，

我们更容易心怀期望，走向成功！

说己及人

人，可以老去，

但一定要保持优雅的身姿。

年龄渐大以后，

要更加注重自己的举手投足。

优雅体态的前提是正确的姿势，

做到这一点，即使你不漂亮，

也会显示美丽。

相信自己，抓住机遇，

尽己之能，保持魅力！

人生记忆

一

神秘的命运图腾，记录下人生成长的脉动。人的一生，似乎都在迷宫中穿行，大大小小的事情，穿成你走过的风景。

人生本是一个人的旅程，兜兜转转，成了两个人并排前行，爱情和浪漫如春风在小家盘旋。

风儿刮啊刮，终于有了回声，这便是那爱情的结晶，让人感动，让人无比动容。

从此，一家人不厌其烦地在生活的浪漫和艰辛中拥抱暮鼓和晨钟，在厨房与烟火中调动自己的感官，锅铲、盘碟的碰撞，酝酿出诗的意境。

于是，我拿起了笔，望向那布满星星的夜空。文字的弹跳如闪电划过天际，降落于头顶。它们追逐着我，一次比一次沉重，为了弄清楚这里面都是些什么物件，我忙用笔理清。

啊，理清了，理清了，是月亮和星星，光明点亮了心灵。

一个纯真的愿望，帮我编织了一个美丽的梦，愿望与期许使生命变得更加蓬勃茂盛。

星星在天上眨巴着眼睛，它在对我说，一切美好正在发生。

二

有你，有我，我们是一家。一日三餐，构成家中简单的生活。

你每天上楼写字练功夫，还兼着养花；我偶尔上楼，打打乒乓，也

练练腿脚。楼上健身娱乐，楼下吃喝安乐窝。

暑假期间，远在千里之外的女儿一家回到安乐窝，两口加四口，让这个大家充满了欢乐。

这会儿好了，楼上楼下，住得满满当当，人们上蹿下跳，忙忙活活；洗洗刷刷，做这做那，炉子锅子总也闲不着。

生活，就是这样，平日的闲暇被取代，在乱糟糟的忙碌里，又充斥着满满的祥和。

一大家子人被满腔的喜悦包裹，楼上楼下的风景里填满了人间的烟火。

家中的故事，你说，我说，盛满了一箩筐。

三

我与女儿一家远隔千里，相思，让我们隔空遥记，思念的潮水输出要找一个出口，这就使思念常常萦绕于心怀。

我把思念转换成了笔，一切都可以诞生，时间的剪影能在人眼前浮现，复制成纸和墨的诉说。

这样，相思化作了一片云彩，悄悄地，带走了我的故事。

这样也挺好的，我们能隔空相望，生命中的那些美妙瞬间发酵到你我眼前，文字与心灵相遇，那么近，又那么远，发出了细碎的低语……

家 风

姥姥很爱看书，天天泡在书海里走不出。
姥姥看书爱思考，
姥姥的行动，是想让外孙记住：
我们家的家风就是要用心去读书。
实事求是，作风正派，勤奋努力，
还要做到锲而不舍，知行合一。
只有长期坚持下去，家人才能终身受益。
以上要点，
需天天和孩子们絮叨，
并付诸行动，
切记！切记！

赏 月

小时候，夏天的晚上，一家人总是坐在院子里乘凉。

家人讲起"嫦娥奔月"的故事，我情不自禁地抬头仰望，看到天上如梦如幻的月亮，它发出的光芒总能拖曳出或大或小的影子黏在人们的身旁。

月亮的未解之谜，也引出我许多美丽的遐想。

现在，我知道了"嫦娥奔月"的神话已成为科学探索的事实，38万公里的地月距离确实遥远，不过，到达月球周边，嫦娥一号用了十几天，嫦娥五号算上着陆也仅用了不到十天。从古至今，人类对月球的探究从未停止，诸多精彩纷呈的月亮神话等待着人们去挖掘和抒写。

今天，我很享受在古诗词和现代文学之间穿梭，让那自然之光在心中涌荡。

于是，吟诗曰：

星云转换银幕裹，日月轮回季节和。

月圆月缺轮值换，光影照身留恋多。

千载未有大变调，古今同赏一轮月。

月 光 下

影子与身体相随，你走，它也走，快与慢总是与身体相连。

你伸手，它也伸手；你挪步，它也挪步；你想捉住它，它又不听话。

有时，它就愿意和你把迷藏捉。

你想拥抱它，你看，它却躲到了你的脚下，垂直于人身，尽显它的羞涩。

2022年清明

清明节，追忆先人，
追忆父母年轻的时候，
不由让我再次回想家人留下的温情，
一下子缓解了新冠疫情期间的心理焦虑，
顿时，感到了一股暖暖的真情。

年年回忆年年想，思念在其中……

又登灵山

一

今天，我与哥哥来到山上祭祀。

五十二岁的父亲，九十七岁的母亲，于2021年又紧紧地挨到了一起。在被山间隔绝的坟地，即使是挨到一起，你们是否能认出彼此？

对于这一点，我们一无所知。

对于这个问题，估计谁也猜不出答案。

唉，我们的思念，该如何表示？

不疾不徐，思念，在风里……

2023 年清明

二

雨幕潇潇入眼帘，清明又至思无边。

亲情浓缩纸香化，袅袅烟波彼岸传。

通天归来一条路，衷肠雨诉随风卷。

2023 年 4 月 4 日至 4 月 6 日小雨断断续续下了三天

三

纸香无言，已化云烟。渐近渐远，注目望天。

视线模糊，似又相见。释放文字，聊表思念。

幸福的潜力

阅读，让人能抛开一切烦恼，

沉浸在书中欣赏文字的构造。

在这个属于自己的时间中，

放松身心，从文字中寻找自己想要的答案。

这样，即使在一个糟糕的时刻，

也能收获一段美好的时光，

知识让你学会怎样生活，

智慧告诉你幸福如何创造！

下午时光

半遮窗帘半掩门，日斜嚼得书中魂。

脑中影像冲撞出，借来珠玑录为痕。

生活偶思

生活中处处有惊喜，天地万物亦有各自美丽的身姿。

如：天上飘忽不定的白云、草地上的小野花、春天枝头上刚刚发出的嫩叶、池塘荷叶上滚动的露珠，还有那路旁屹立着的沧桑老树，无不吸引人们欣喜驻足。

去逛逛熙熙攘攘的菜市场，也能给人带来无数惊喜。

你是否曾看到过满是笑脸的红苹果，一堆堆的青辣椒，支棱着刺、带着小黄花的青黄瓜，还有那烤得热气腾腾散发着香气的红薯，就连土豆、白菜也散发着泥土的芳香。

只要放慢脚步，你就会发现，生活中惊喜无处不在，处处有美好的瞬间，用心捕捉一下，大自然的恩赐也是鬼斧神工的艺术。

草木、瓜果、泥土，凡此种种，无不给人们带来生命的"诗思"。

2023 年

除夕夜，人们的嘴里仿佛都含上了红红的灯笼果，并从喉头轻松挤出一声声"新年快乐"。

家家户户的空气中都充满了欢乐。烦恼都随着烟花飞上了天，随着爆竹点燃在夜空中消散。

人们的无数祈愿，"如意""纳财""纳福"等等，都形成飘浮的碎片，和着一句句祝福的话，飘向天涯海角。

就这样，在喜庆当中，新的一年开始了。

养生要诀

人生虚幻如梦醒，静坐观空皆为景，生死大事瞬间过，通达事理不枉生。

心情舒畅常告诫，解除烦恼病不生，得其要领循序进，体魄强健当礼送。

喝　粥

一

吾家常年小米粥，营养丰富易吸收。食粥虽不致神仙，更年不老阳不走。人上岁数胃喜暖，粥疗延年又益寿。

二

米中最小面金黄，每日锅煮滚千浪，一顿不食留遗憾，黏黏糯糯口留香。小家碧玉粥中最，养胃养颜伴日常。

我与诗词共成长

在拥挤的诗的空间，我想寻找一方自己的空地，寄托自己诗意的情怀。

为了"改良土壤"，我尽己之力学习。书中的知识武装了我的头脑，渐渐地，我学会了自由地表达自己的所想所思。

在这块"肥沃的土壤"中，我花费四年时光，已种出"有机蔬菜"一畦畦。

"开垦种植"的经历，让自己的精神不再贫瘠。

如今，无数的"植物"已经长起，我看到了自己成长的足迹。

我很享受这块土地带给我的幸福，我希望这种美好能一直延续。

做最好的自己

一

人，即使老了，也要美出自己，面对生活，绝不能有一丝马虎。

至少我们可以多一份自律。

加强锻炼，不让身体发福；注意饮食，保证营养，有一个健康的身体；坚持读书学习，适度打扮穿衣，面容尽量精致。

这是对生活负责的态度，也是爱自己的方式。

做到这些，首先要相信自己有这种能力，要对自己有那么一点狠劲儿，同时还要在实践中努力，不要随便找各种理由放纵自己。

再回首时，相信你也会喜欢上这样的自己。

二

心装志趣再起征，诗文傍身阔步行，学习新知添活力，蹬梯探幽脑解封。

三

生命，给人一种叫作"时间"的筹码，

任你再三掂量，也说不清手中的确切分量。

我们需要做的是，

精简消费，快乐地生活。

于是，就需要做到强身健体，绿色饮食；

就需要自我完善，错了，要认错，也需要改错；

就需要学会接受，也要学会宽容，

要呼吸新鲜空气，尽量保持内心的平静。

抛弃怨恨吧，在生命的延续中，

量力搏击，

去享受生命的美妙馈赠。

四

梦中抱文苦劳神，宛若明月夜中窥。

沉迷久作意蕴涌，动笔行行总成真。

况味溢出祈美好，人生过处复留痕。

五

缕缕暖阳飘进窗，悠闲阅读润心房。

浏览书报知天下，欣赏画图凝佳作。

字如珠玑绢流淌，笔下记叙思路畅。

145

重复斟酌几润色，妙思奇想书中放。

细流汇聚漫成溪，光耀灵魂心智康。

人间处处桃园景，恰似神仙过境忙。

路遇果实顺采摘，耕读收获曲奏双。

做个阳光之人

想要做个好人，必须自带阳光。

每天当你睁开眼睛的那一刻，首先要做的就是调整好自己的心情，先把胸中的那盏心灯点亮。

工作的时日里，有了它，你就有了前进的方向。它使你不为利诱而迷惑，在遭遇挫折时内心从不彷徨。

如果是在家中，心灯的照耀，既温暖了自己，又温暖了家人，男女老少在和谐的氛围中共同成长。即使遇到些许矛盾，只要端正态度，正视问题，找准症结，多些自我检讨，绝不推诿赖账，这样适当调整一下，很快家中又充满了正能量。

如果你身边的人都点起那盏明亮的心灯，做个能量满满的人，当我们老了时，回想自己的一生，处处都被光芒笼罩，幸福的笑容在家人的脸上荡漾，我们不枉此生，这，是一种说不出的骄傲。

蝈蝈的启示

人怎样才能更健康？我的答案是：必须保证身体内有足够的营养。这一点，在我对蝈蝈的养育过程中得到了验证。

蝈蝈进家门的时间是在 2021 年的 10 月份。大约 11 月初它才成年，并开始鸣叫，起先是一两声，后来逐渐能连续鸣叫好几分钟。2022 年的特殊时期，因为突然没有了去菜市场买菜的机会，家里仅有的一段胡萝卜给它省着吃了五六天，后来我又从一个朋友处"淘"得了一个，直把那段胡萝卜放得没有水分了。这时，蝈蝈的身体开始变黑，右前腿断了一截，不过即使这样，它仍想振翅，但是已经发不出声音来了。我在心里给它下了结论：看来活不过来年 3 月份。

这时，转折点来了——我学会了从网上买菜。看到新鲜的、绿绿的大头菜叶，我顺手掰了一块给它，养蝈蝈这么多年，一直喂的胡萝卜，没喂过绿菜叶，没想到，它竟然吃得很欢。十几天后，它又一次叫出了声。从简单的"吱吱"声叫到连续的鸣叫，它基本恢复了以前的状态。事实证明，它不光需要胡萝卜，也需要其他的绿叶蔬菜。蝈蝈终于因为有了新鲜的蔬菜、充足的营养而重新焕发了生气。

就这样，蝈蝈又活了一个月，最后于 4 月 20 日寿终。

同样的情况也发生在我自己身上。

我从 2021 年的七八月份开始感觉左脚后跟疼痛，并逐渐疼得厉害起来，后来发展到脚底下只要有块小石头就硌得疼，骑自行车时，脚悬空着也疼，蹬一下疼一下。我看到网上有两脚掌互击可以按摩穴位的视频，

我一直坚持做了，但半年下来，仍不见效果。

2022 年查体后，医生反馈给我的结果是轻度贫血，还有骨质疏松，需要补钙。我开始自制阿胶块每天吃，调理贫血问题。由于当年的新冠疫情居家，我买不到牛筋，为增加营养，我把家里的干海参拿出来，每两天吃一只。一个月后，就是 4 月 15 日的那天，我突然感觉到左脚后跟不那么疼了，奇迹又发生了。但是因为太长时间没有吃牛筋，有的手指关节开始肿胀，疼痛，脊柱也有些微微作疼，这时已经是半解封，我即刻赶到超市买来牛筋连吃几天，这一问题才得到解决。

现在看来，阿胶、海参和牛筋是各有所长，经过一个阶段的调理，现在我每天只需服用钙片和维生素片即可。

2023 年 3 月的《参考消息》刊登过一篇文章，一位来自西班牙的作者在文章中说，改变饮食结构可以让人增寿 13 年，蝈蝈多活一个月的例证和他的观点十分吻合。

每个人的生命都是唯一的，多活 13 年对任何人来说都有着极其重要的意义，因此，好好调节饮食，防止营养缺失，是很有必要的。

所以，营养是身体健康的基础和根本。身体出现症状并不可怕，我们要感谢身体发出的不适信号，只是需要做到及时领悟，及时调整，及时止损，并尽早避免不可收拾的状况发生。

想长寿的人们，切记，切记!

我与一个环卫工人的对话

评价一个人，不需要看她的出身，而需要看她的自然之美，以及她为社会作贡献之时表现出来的乐观精神。

我俩相识于河口路边，那是她的工作地点。这条路与我家只有半条街的距离。

她给我印象最深的是她那高亢的唱腔，纯正而响亮，只是没有剧场里的那种氛围，但这丝毫不影响我对她歌声的沉醉。头一次相遇我就为她的歌声点赞，从而使她多看我一眼。之后，碰见的次数多了，我俩偶尔顺路走，就多了一点聊天的时间。

交谈中得知，她就住在河口路最北头东面的那个小区，58岁，老伴去世了，儿子一家生活不易，她不能给他们添负担，所以，她出来挣点钱。她家里还有一个80多岁的老母亲需要照顾。面对生活的艰难，她选择勇敢向前。

看她嬉笑话生活的样子，我感觉出她的心胸之宽，日子过得虽不富裕，但这是自己劳动挣得的钱，心里踏实。我钦佩她，同时，又生出一份感叹！

三年多来，已记不清我俩有过多少次的交集，每每见面总是互相招呼一声，来一番寒暄。

新冠疫情以来有一个月没有见面，今日路遇，我看见她骑着三轮车过来，远远就冲她喊："大妹子，你还好吗？"她说："好！好多天没见，我想你啊。"你看看，这么些天，我俩的想法折射到了同一个点，无须多

聊，彼此的心思想到了一块。

虽然是路人，相遇、相见、聊天，彼此挂念，这份淡淡的爱，在我俩的言行间互传。

环卫工人

他们从晨曦中走来，身上穿着我们熟悉的橘红色工作服；他们不善言辞，默默劳作，用扫帚表达着最朴素的爱；他们用辛勤劳动的汗水把城市的一条条街道清扫。

城市中处处都有他们的身影，清扫车、洒水车，在宽阔的马路上来回穿梭，每一个场景，定格下来都是一幅美丽的图画。

城市的精神面貌，离不开卫生清洁。作为城市劳动工人，就是在伏天，他们顶着炎炎酷暑也不曾停歇，保持着城市的整洁。

理顺千横百纵的作业网点，体现着城市管理的复杂。环卫工人是城市脸面的打磨师，他们用劳动打造出市容的优雅。

有道是：

暑天炙热万物蒸，一浪更比一浪猛。城市清洁无小事，手执扫帚细处净。不拒累热勇担当，城市名片记功名。

一生最好的遇见是友谊

友谊是什么？同学之间、同事之间相处得比较好，这叫友情。我个人觉得，友谊是以友情为基础的，是彼此灵魂沟通上的默契。

高尚的灵魂，是带给人正能量的关心和友好，而不是为了索取利益，这是一种相互吸引、彼此关爱的默契。它给你的，是一种发自内心的心甘情愿。十几年如一日，老陈的付出，我们看在眼里，感动在心里，他的高尚举动，时时浮现于我的脑海，今天，我把它汇成写在纸面上的故事，我愿意以此来教育后辈，传中华之美德，做一辈子良善之人。和这样的人在一起，是给自己的精神充值，你我同行的路上一片光明灿烂，这，才是人生最好的相遇。

老陈是我老公的高中同学。2010年，女儿结婚，当时潍坊还没有航班，我们在大连坐船时就已经接到老陈的电话，老陈告诉我们，他已赶到烟台入住了宾馆，只等我们四口人第二天早晨下船，接我们一同返潍。事先没有商量，没有约定，就一个字：做。用行动做给你看，这种高尚的行为使我们家每一个人的心里都充满了温暖。

2018年，我们搬新家，他过来瞅了瞅，没多说话，几天后送货上门——三个钢架把空调副机在前阳台架起，当时我也没意识到这件事到底有多么重要。2022年夏天，只半天时间，雨水就漫到了空调钢架上沿，这才引起我们的重视，找物业人员前来清理阳台下水道，把问题彻底解决。如果没有钢架，空调的副机肯定会被雨水浸泡而损坏。

从此，我们两家走得更近，经常一起吃饭一起逛景点，把友谊的种

子续添。

人生的享受，莫过于遇见之灿烂。它像一抹彩虹，闪耀于你我之间，你也想抓住这机遇把友谊之情添了再添。彩虹现身时间虽短，但它带给人们的是无限的眷恋。我们两家之所以愿意交往，自然是因为人品的相互吸引。好的人品，是一个人最珍贵的宝贝；好的人品，能赢得他人的信任、尊重和好感。人品好的人，值得深交一辈子。

人和人之间的真情相处，虽然说起来空泛，但感觉起来却是一个真真切切的世界，友谊里面没有尔虞我诈，没有貌合神离；永远不需要猜忌。反观一些人，有求于你时，才紧贴着你，千方百计与你靠近，事后再想想就让你寒心。

你的热情与付出对方能感觉得到，并在适当的时候加以回馈，这才是友谊该有的样子。

我在写这篇文章时，感动的泪水模糊了双眼，于是一气呵成把它写完。

与此同时我还在想，就算是自己家里至亲的人，有时候也难以启齿要求他们做到这些。

老陈的特长与爱好是开车，我现在尝试着写作，坐上车兜兜转，欢声笑语阵阵传，家人同伴收获了喜悦，愿友谊的故事代代相传。

秘　密

宇宙中存有很多秘密，等待我们去破解。

太阳是一个伟大的天体，它向人间赠送爱与温暖，如果没有太阳光芒的照耀，世界上的生命体大都会慢慢消失。

这样云彩有了意见：不能光让太阳出来表现。

于是，风也参与进来"胡搅蛮缠"。风一会儿刮向西北，一会儿刮向东南，不光刮跑了太阳，还直把那云彩搅得团团转。

雨水趁虚而入，掉下一串串珠子，大地处处积攒下水洼，解了世间万物的饥渴。

时间久了，太阳又显得不耐烦：你们这样，我也有意见，还有完没完，别再捣乱。

雨过天晴，太阳暖暖照，彩虹挂天边，白云悠闲，天空蔚蓝，处处祥和一片。

风、太阳、云、雨、雪变换着花样出现，它们之间仿佛有秘密的语言，把自己的诸多诉求悄悄在你我之间传送。

宇宙中的自然

地球自转，白昼变换，有很多未解之谜等待着我们去寻找答案。

看，每当夜色来临，月亮挂在天边，时而圆满，时而半弯，月光皎洁，星星眨眼，一切都那么神秘，充满着朦胧和虚幻。

当黎明悄悄靠近，太阳来把月亮驱赶。从东方渐渐升起一个神奇的火球，它，美得耀眼。

风雨雷电，月亮太阳，它们总能准确地传送出春夏秋冬的信息，给人类带来充满趣味的一天天，一年年。

蜜　蜂

嗡嗡嘤嘤桃花旁，花间穿梭忙寻芳。

繁花授粉争美艳，我吮花粉肚中藏。

勤奋劳作诚意满，奉献之中酿甜香。

棉　花

它的成长带着青草的柔软与芳香，将那光和热一点点吸纳，往身体中贮藏。

它的一生两度开花，是生命中的奇观。

青春期的花儿有粉红、纯白或淡黄。花儿凋谢之后，花蒂露出小小的棉桃儿。当枝叶吸收了足够的阳光，棉桃儿变得饱满鼓胀，壳儿逐渐变色干裂，成全了它二次盛开的锦绣。

棉桃儿其实是棉花的果实，但又像极了花的模样。

当初冬来临，它被做成棉衣棉被暖人心，或者又被送去轧棉厂纺线、染色、织布，做成了精致而鲜艳的衣裳。

它生长在田野，以奉献自己的生命作为自己的使命。

它生生世世都在变换着花样尽情地绽放。

迎春花

一

它的微笑，

让你看到春天的来到，

它绽放的模样，

155

让你发现春天的美好。

它瘦瘦的躯干、长长的枝条，

朵朵鹅黄的花儿，

在暖阳下、在微风中轻摇。

那些许会心的快乐，

皆来自花儿天真的微笑。

它在春寒料峭的时节开放，

让萌动的春日闪出季节的微妙。

二

料峭春风仍带寒，春光盛邀情难掩。

红萼黄蕊娇嫩嫩，簇簇逶迤齐撒欢。

冬春更替来报喜，泼洒金黄气非凡。

踏 春 吧

春天是什么样子？

怎么昨天还是明媚的阳光，

今天就阴雨绵绵？

原来，

春天正在按照自己的节奏变化。

看，春天来了，

河水有了春的灵动，

柳树上的枝条缀着绿芽垂到河堤，

高山披上了新装，

田野有了生机。

多么令人神往啊，

就连风，也染上了花的香气。

树冠风摆浪重重，

花红柳绿出新枝，

怎一个美字描述。

让我们踏足郊外，

去寻找春天最美的样子。

小 草 赞

它是大自然的杰作，

那棵微不足道的小草，

没有壮美挺拔的枝干，

却让绿撒遍大地山坡。

它要求人类的很少，

而给予人类的却很多，

牲畜在它的怀抱里苗壮成长，

同时，它又把大自然装扮得生机勃勃。

它是大自然的绿化使者，

是它让大地山川更加年轻漂亮。

它从不与大树争高低，

从不与百花争美丽，

春夏，它悄悄地萌动，

秋冬，它静静地走向生命的枯萎，

它始终在自己的颜色里低调坚强地生长，

不管有没有人欣赏。

我爱小草那种朴素自然的美丽，

爱它的大公无私，

为人类只作奉献，不索取！

季节这样交替

隔壁家的小鸟在楼下鸣啼，

一场渴望中的春雨开始淅淅沥沥，

四月下旬的天气，

室外已是三十二度，

这突然升起的高温，

直把人热得大汗淋漓。

怎么回事？

这"初夏"的热情，

让舒适一下子就没了踪迹。

我们刚刚熟悉的春天啊，

你到底去了哪里？

　　　　　　　2022 年潍坊春天的真实记录

蒲 公 英

生长在草丛中的蒲公英，正迎着风，甩着头，

张开的花朵中，"毛球儿"在散落，

同时伴着风儿往远处撒播。

小小的种子，看上去是那样柔弱，

仅是吹拂它们的微风，

就足以让它们低头。

但是，它们又有着顽强的性格，

哪怕风把它们吹落到石缝中，

它们也能自由地生长。

蒲公英为了自己来年的生长而倾尽全力，

将困难化作了前进的力量，

这一季的蒲公英开过去了，

下一季的蒲公英也会以这样的方式到来，

终有一天，它们会开在想要到达的地方，

使自己复生。

这就是蒲公英，

日复一日，年复一年。

种　子

一粒美丽的种子会成为什么？

一粒种子在泥土里完成了自己力量的聚集，破胸、开土、抽芽，把生命延续。

我们春天的忙碌，是为了秋天的收获，不同的种子，通向一个个不同的结局。

种子的世界缤纷而广阔，春天的百花，换来了夏天的果，果因了秋色的浓烈，脸儿也变了色，它因成熟而裂变出一个个新的自我。

种子的轮回是光荣的、神圣的，它的生长不是幻觉，它的生活是把那光压缩到自己的身体里使自己长大。

看，它在诉说：我的成熟，也是我的自我超越，我用痴心一颗，换来丰硕的收获。

夏天的雨

一

雷鸣阵阵伴闪电，夏日开卷雨缠绵，偶有炸响一声紧，大雨滂沱声声喊。稀里哗啦线不断，一宿折腾晚放晴。

二

烈日炎炎几循环，闷热当头，终于等来了下雨的傍晚。

人们站在窗户前，摇着蒲扇，静观院子里的雨水冲刷着自家的玻璃窗面。

远处，雨拍打着树叶，树叶微微颤颤，回答着雨的问候；雨拍打着地面，这是它在和大地交谈；雨拍打着田里的庄稼，让那庄稼恢复了支棱的状态。

雨给城市和田野带来了新绿，它苍翠了万物，润泽了人间。这，也是大自然的意愿。

雨过天晴，燥热消除了，我也看到了更加清洁美好的人间。

新的一天开始，我也在努力用汉字描绘着雨水给这个世界带来的一尘不染。

三

滴答，滴答，小雨点在干什么？

啊，小雨点开始唱歌了。

沙沙沙，沙沙沙，小雨点在跟树叶说话；

小雨点敲打窗户把玻璃擦；

哗啦啦，哗啦啦，小雨点变成雨柱在喧哗。

雨，是夏天的常客，世界经受着雨水一次次的冲刷。

万物被雨水的爱抚感化，

看，雨过天晴，

地上的那些庄稼，

生长得更加茂盛蓬勃。

2022 年 6 月 17 日晨第一场雷雨

观雨有感

气流冲上天，云，变换着身姿舞翩翩。

大风过后，离星空最近的雨散落人间，密集分布，有时斜杠，有时弯弯，急急又缓缓。

雷鸣电闪忽又至，黑了天边。

雷声隆隆雨涟涟，大珠小珠天地蹿，密雨生云烟，模糊了视线。

断断续续，燥湿再返，汗湿衣衫。

雷雨共缠绵，足足三天。

雨天不出门，静观其演变，雨声心声汇成一片……

2022 年 10 月 3 日

秋　雨

傍晚，雨开始拍打窗户，啪啪啦啦，啪啪啦啦，似有人在外面窃窃私语。

秋雨继续，啪啪啦啦，啪啪啦啦，循环往复，像极了音乐的旋律。

雨天，早早躲进被窝，不再去听那雨对雨的复述。

一觉醒来，听不到雨的喧哗，心里又萌生了一份对雨的牵挂。

我翻身起床望向窗外，啊，看到了漫天星星。

霜　降

一

苍翠的小草开始干枯，它们不得不弯下了腰。曾经的光鲜一丢而尽，伤心气馁也是徒劳。

季节变换，霜降来临，小草只得把脑袋埋进易凝结的雾气中，一点也提不起精气神儿。

此时，秋风在山林间猛刮。

踏上青州的仰天山，天赐的树叶已经完妆，只等着人们前来观赏。

那满山的树啊，华冠或红或黄。

站上山巅，看植被茂密，暮秋已至，新冬欲来，层层叠叠的绚烂，带走了人们的目光。

季节和世间万物对话，自然界的生物也不会隐藏什么，总是敞开心扉向它倾诉衷肠。

季节像是一位不老神仙，更替着让该过去的过去，该登场的登场。

季节对自己灵魂的演绎一点也不重样。

二

深秋气温降，气凝结成霜。

山林独自醉，万树着新妆。

斑斓有风采，晚秋再辉煌。

冬至登高

视觉盛宴展眼前，色彩纷呈迷眼帘。
黄橙红紫吸人睛，色彩变换梦魂染。
望穿森林寻又寻，细细观摩谁最绚？
终有遗憾情难尽，凋叶飘落手难牵。

小　雪

立冬半月时，迎寒阴天气。烟波缓缓降，面纱逼人急。雨滴沥沥吟，无雪亦如诗。

早起鸢都雾气弥漫，像笼罩了一层缥缈神秘的面纱，小雨点点，氤氲的世界恬静淡雅。

敦煌二景

鸣沙山，月牙泉，敦煌二景一地占。
千古奇观令人赞叹，沙泉共处值得一览。

165

泉弯酷似新月沙山抱，妙似天成著奇观。

鸣沙山，鸣沙山，沙峰起伏，金光灿灿。像金山，似绸缎，道道沙脊纹络显，轻风吹拂响声起，又似管弦。

月泉清澈，沙岭晴明，沙泉共处，美哉人间。

武 当 山

云海、草原、星空、雾日、溪流、瀑布、高山草甸、黄山松群，江南罕见。

状态原始，生态自然，雄、险、奇、幽、秀于一山。奇峰怪石，佛光云海，奇花异草，幽泉飞瀑，看星空，星空璀璨，看日升日落迷人眼。

是名山，是"宝山"！

亲体验，饱眼帘！

冬日荷塘

一

静静低垂心已醉，淤泥孕育何惧摧。

蛰伏生长温柔语，落红可化活路随。

166

年年岁岁染苍凉，只为生命再度春。

二

看似哀戚寂寞生，水下精灵泥中等。
寒冷哪抵勇气在，梦中依然孕激情。

雪 梅

梅花爱雪天自知，碾碎云彩舞花枝。
相伴成长观花笑，喧闹无声互慰藉。
融成风景迷人眼，天赋本能身合一。

为外甥的画配诗

一、虾虾蟹蟹

海洋生物爬爬爬，偶遇一起笑哈哈。你说我胖，我说你瘦，两相对视各走各。知己不知彼，秘密不解，只有沉默。

二、孔雀

自找情趣回首望，铺展翅翼尽观赏。

戏中陶醉锦衣美，为造辉煌再梳妆。

三、仙鹤

曼妙自由享清闲，歇脚翱翅飞蓝天。

才能施展心欢喜，如梦如醉姿悠然。

画　展

我被诸多花儿围困。

这些花儿拥有永不枯萎的生命，它们以心中的纯洁与虔诚演绎着自己的青春。

硕大的花朵已盛开，可有的还在那儿嘟着嘴，并以静止的姿态傲慢地等待，这到底是为了谁？

169

待开的花骨朵儿，盛开的鲜花，都在固执地表现着自己的美。

它们都在用花姿尽情地吸引着人。

走过的人们，无一不凝神注视，欣欣然被陶醉。

石 榴 树

春天的最后一缕光把花骨朵儿点醒，在一片深绿色的较量中，火红的花儿从枝头盛开。

那长长的花蒂，因了春日明媚的照耀，慢慢由绿变红。

夏季来临，它们一个个像打扮娇艳的模特，挺胸的同时，分明在炫耀着内心籽粒的饱满。

看，一天天，大树使了劲儿与季节抗争。这就是生命的生生不息，那一个个看似默默无闻的灵魂，正在孕育着或酸或甜的果实。

石榴树在季节的自然变换中不停不歇，时时打造着自己美丽的风姿。

银 杏 树

从春天开始，银杏树不再孤独，翠绿色的叶片在树冠上满满当当地铺展。

春夏两季的阳光，赐予它高燃的生命。慢慢延展，叶片底下缀上了饱满的果子。

等秋天来临，气候乍寒还暖，绿叶摇身一变，变成金黄色的飞瀑，这是大树为珍惜生命展露的美丽。

秋尽冬初，叶片干枯。在凛冽寒风的不断吹拂下，叶片开始与枝干脱离，慢慢飘落，飞舞的叶片不甘做空中的浮云，于是，它散落四方，去把大地修饰。

银杏树的四季也暗含诗意，它由绿意浓浓到满树金黄，如今，初冬的阵阵寒风把树叶从枝头吹落，如蝴蝶翩翩起舞飘落大地，给大街小巷披上了漂亮的彩衣。

四季流转秋最绚，风当彩笔秋叶染。

绘成画廊迷游客，摇挂枝头趣意添。

连雀和蓝莓果

蓝莓果嘟着嘴在树上展露欢颜，被路过的小鸟看见。叶儿无声，摇曳出一片新绿，欢迎鸟儿的参观。

树上的风景，像空中的花园，飞累了的小鸟暂时歇息在枝上，它沉默着想欣赏一段时间。

在这个诱人的时间段，鸟儿左右盘桓，打量间偶然发现彼此都是很好的参照牌。

鸟儿和蓝莓树构成的意境，被定格为无限风光的画面。

麦收季节

原野散发着收获的光芒，麦田弥漫着熟悉的麦香，摇曳的麦穗，在相互点头中致意，一浪滚一浪。

农民开着联合收割机陆续赶来，开始了紧锣密鼓的抢收工作。机器昼夜不停不歇，以保证在尽可能短的时间内，让成熟的麦子颗粒归仓。

城防与道路安全部门联动，划定非交通主要干道为临时晒麦场，安排专人看管，不收仓，不散场。

一季麦忙抵三秋，人人都清楚麦收的分量，大家争分夺秒地与天气做着较量。争出一秒就多一分收获，目标，在你我的心中被掂量。

归仓，归仓，挥汗的劳作中，喜悦已徜徉在人们的脸庞。

花儿与蜜蜂

　　花儿高挑的身姿，释放出自己的花香和美丽，在静守中等待，等待授粉使者的到来。

　　蜜蜂被花儿的明艳和香气吸引，嗡嗡嘤嘤，结伴而至，在花丛中穿梭，流连忘返。

　　蜜蜂在劳碌中纷飞，不停不歇，吮吸花蜜。

　　时光中，留下了它们的相融相和。

　　花儿和蜜蜂，高兴地在一起交流着彼此的喜悦。

红木家具

　　古人智慧木中嵌，桌椅条凳魔术变。

　　无丁凿铆巧组合，圆润质朴漆光闪。

　　模样多姿工艺秀，家中辉耀胜繁花。

　　物美姿生储贵气，时时适用赏百年。

风筝会

一

盛会逐梦伴春风，飞飞摇摇舞长空。

游弋飘旋遍是景，光影翻新味无穷。

二

寻风自在天上飘，晴空万里会鹊桥。

撩人眼眸海边聚，风光无限谁娇娆？

秦始皇陵兵马俑

志发一锄挖秦俑，古迹发掘在临潼。

场面震撼威天下，璀璨壮景扬美名。

永恒之物饱人眼，视觉盛宴耀苍穹。

一语唤醒沉默人，圈圈签名不言中。

罗刹海市——刀郎未想到

未曾谋面先开喷，句句在理皆说真。
聊斋故事再演绎，余音绕耳梦牵魂。

诗语歌韵话春秋，精神不倒人心柔。
词曲唱弹再献艺，今日才情歌中留。

潍城实小建校一百二十年周年献词

母校，是人生起航的地方，怎能忘？
我们从无知中走来，
初入学堂，懵懂中迈开了求索的脚步，
从此不再彷徨。

您总是给予，
给予您丰盈的内心。
一颗颗心，
被教育的灯盏点亮。
书声琅琅，

175

汉字在交互的作用中发出了光芒。

时间转换，
知识在同学们的身体里被消化吸收，
老师的谆谆教导，
母校教育的特殊魅力，
把学子们一点点塑形，
播种人与收获者，
新朋旧友感情难收。

一代代的少年在这里健康成长，
成长为建设新中国的栋梁。
今天，我们感恩，
借建校一百二十周年之时，
说出我们心中的赞颂。

祝母校生日快乐！

第七部分　家乡美

潍坊欢乐海

近了，我看到了，天蓝海蓝，蓝蓝不一色，彼此相连。

蓝天悠悠，海水清澈，阳光下波光粼粼奏着欢乐。看海的人们啊，由此点亮了喜悦。

天与海相对，霞光温暖着大海的心窝，海，激滟波光，海天相拥，美，在这里得到了升华。

一个有风筝的海边

一个城市的欢乐标志，总是与大海相连。

从城区出发，沿着北海路一路向北，走到尽头，你就会看到那一片湛蓝。

在这片黄金海岸，有世界上最高的无轴式摩天轮，有承载速度与激情的国际风筝冲浪基地，有矿物质丰富的温泉，同时这里还是每年春天人们放飞风筝的"后花园"。岁月的脚印在这里清晰可见。打开相机看城市发展的影子，记录了一代又一代人那亲切的容颜。

每年的四月天，风筝把你我呼唤，那节日里的喧闹，总带有欢乐的笑声。在海边，人们沉浸在放风筝的欢愉里，什么蜈蚣、火车、舰艇，大的、小的，串式的、软翅的、硬翅的等等，各式各样的风筝都在天上舞动着自己的欢姿。

每年，人们在这里晒出的是自己新制作的风筝，风筝的新面孔代表着创作者新的希望，希望追逐着蓝天。看，成千上万的人们涌向海边，欣赏由一根根丝线牵拉出的空中的无限风景。

一个城市真正的魅力在于它的自然风景，更在于城市的人文内涵。风筝是潍坊独特的人文景致，一年年，由风筝牵出的故事在这里一遍遍上演。

风筝无国界。

飞舞的风筝，如抒情的语言。

走近你，大海

赤足海边，让脚感知冷与热的交替。
脚步挪动，沙砾发出声响，
像有节奏的音符拍击。

退潮中的海水，一次次，
倒映出自己模糊的影子，
它在反复地抚摸我的双脚。

滴滴海水，成就一片汪洋，
让我走近你，
解开你心中的秘密……

179

走，看海去

每一个季节，人们都可以随时相约，踏足海边，欣赏大海的波涛翻涌。

潍坊的海啊，你的欢歌，给人们带来了美好的希望。

你辽阔的海面，显示出博大的胸怀，你不断涌动的"笑声"，让我们屏息静听，并深怀感动。

今天，我要为你吟诗咏诵：

大海的欢笑来自潮落潮涌，人们奔向海滩欣赏你欢快的容颜，他们拖儿带女在沙岸搭起了蘑菇小房，把那海边打扮得更加漂亮。

来吧，来吧，看海去，走近你。让我们解读你的秘密。

钓

海水滔滔，霞光束束。

远远望见垂钓者的身影，旁边有亲人陪伴，蘑菇小房挺立，小孩子出出进进，带出些许神秘。

这一切被眼睛记录了下来，大海的秘密，走进了心里。

时间与钓竿钓线交织在一起，这也是生活的一种消遣方式。钓具在这一刻凝聚起人的定力，也是垂钓者自我净化的良好时机，他们自信地享受着这静谧的时光，大海以腹中的生物馈赠，喜悦了彼此。

大海的邀约

潍坊的海啊，波光粼粼，蔚蓝一片与天接；无限辽阔的天空，不与大海争宠，自在宁静。

大海与蓝天相互衬托，相互称颂。

阳光照尽繁华，不妨碍它在大海的怀中诉说衷情。大海在阳光下已经沉醉，并对这暖暖的爱格外珍重。你看，阳光使大海不再寂寞，它反复酝酿，笑脸相迎。

大海，阳光，像两个趣味相投的伙伴，向人们发出邀请：快快把计划制订，去海边落脚，放松身心，放飞想象，赏景吟诗乐无穷。

看　海

一

清晨，太阳解开了行囊，给辽阔的大海洒去一片光。

大海不拒绝那光的强烈，和着清澈的微浪，奏起了绝妙的交响。

大海，阳光，还有赶海的人们，人景交融，相互映照，一种舒服的感觉袭来，随着那风的节拍，随着那浪的晃动，一点一点揉进水中。

二

大海的心永远年轻。

你看，每当初阳升起，海中的倒影对太阳再加一点修饰，无边无际的天空，也使大海显得更加美丽、干净。

太阳，蓝天，大海，交织成宇宙中自然之美丽风景。

在目光所及的地方，海天相接，大海以它博大的胸怀把一切包容。

此情此景，触动人的神经。海天同框，让人久久凝视，目不转睛。千百年来，人们举目看它的面容，大海的表情清朗、温暖，大海永远年轻。

夏天，人们更是愿意在大海边相聚，享受海风带来的清凉。

在海边伫立，情景交融，虚实相生。眼前，只有大海的波光涌动，沉默中，心里涌动着万般丰富之潮水，顷刻间感觉少了许多烦恼。

让我们好好用心去体会大海的美丽吧，顺便放松一下那紧绷着的神经……

三

一阵阵看不见的和风，轻轻地在海平面浮动。轻盈的浪和着那微微的风，刹那，一种舒服的感觉触动了我的内心，它使大脑舒展开来。

热烈的阳光当头照着，让每一个人都变得更有勇气和信心。

太阳的光芒洒向海面，大海在感叹之余又敞开了心扉。太阳的无私伴着海浪的上升和消退，像礼物赠送给带着敬畏之情亲近它的每一位客人。

请收下这份真诚的礼品，它会给你的未来以光明的指引。

人，应该学习大海那永不停歇的潮涌潮退精神，该前进时前进，该后退时后退，任何时候都不要被情绪所左右，要勇敢地面对未来，抬头挺胸向前进。

白浪河边

一

袅娜长柳贵乎垂，乘凉童子做笛吹。
纳蝉之所树有功，娱目悦耳柳之最。

二

一任春风少许狂，吹绿条条柳丝荡。
沿河岸边独自醉，倒映水中染绣裳。

三

滤去浮躁沉下心，夏日垂钓岸边蹲。
鱼儿上钩时时有，默默劳作不言醉。

四

春天魅力无穷，垂柳伸出了纤细的手指。伴着春风，柳枝弹奏着体内积攒的喜悦，飘荡在河堤。

水波盈盈，带着涟漪。流动的背景，荡漾出河水的心事。

钓鱼先生选择用钓竿钓线来解读河水中的秘密。

轧草工人划着小舟顺河道清理河面的浮游生物，瞬间，河水清澈无比。

行走在白浪河边，观看万物生长，人景同步的画框，展现出春天"复调"的韵律。

回味石门坊

小小枫叶，吸引我们走进大山，
盘山道上处处喧闹加上人们欣喜的容颜。
抬头仰望，
山清水秀，天空湛蓝，
苍穹深邃，秋风飒爽。

四人相约，年龄相仿，
总共二百五十六岁，进山逛逛。
旅游小车在盘山道上蜿蜒前行，
一会儿就到了半山腰停车点旁。
下车才走了不多时，
上到天顺桥时，有的人已开始腿脚发软，
那就先留个影吧，
一是稍作歇息，二是留个念想。

于是，二人留守，二人爬山。

我是爬山的其中之一，

自己想象着爬到山巅，再从老山道折返。

可没想到的是，

刚爬到"威灵贻宇"烧了根香，

就又有人不想动了。

看来年龄是道坎，不服也不行。

留有遗憾再回首，心有不甘亦有甜。

却道是：

自然天成秋叶红，亲身体验林海中。

山岩重重枫叶染，空气清新山泉甘。

缓步攀爬汗湿襟，入景画中更美艳。

我与《潍坊晚报》的光影时刻

　　我对《潍坊晚报》的评价是：版面变换新鲜，一捧乡土注满。而立华章高奏，不凡身影凸显。待看，品鉴。

　　昔日上班之时，《潍坊晚报》由单位订阅，退休以后的十几年来一直都是自费订阅。

　　《潍坊晚报》，这么多年，我已镶嵌在你的记忆中：90 年代，你曾多

留住自己的故事

次登载过我的文章。2019 年，贵报的《老有所为》栏目曾报道过我的事迹和梦想。这之后，我的梦想都在慢慢地实现中。

如今，在看报的同时，我又多了一些评价某些栏目文章的想法，个人认为，这应该是欣赏贵报的功劳。我想说的是：读报让人开眼又开窍。开眼，是阅读《潍坊晚报》让人开阔了眼界，从而带来了视野的提升；开窍，是视野提升后，人的思维随着那报道能自由驰骋。

我感觉，开眼和开窍都很重要，但开窍比开眼更刺激。

《潍坊晚报》，我跟随你的足迹，游遍了潍坊大地，纵览一页页报纸，想象在这里打开，脑波慢慢释放出我与阅读报纸之间的默契。

因了你的光影，因了你的文字，我能阐释新的观念，暗自又多了一份欢喜。

一张报纸，我们往往忙于观看，忘了去体会它的本质。生命中的欢与喜，因了仔细的、正确的阅览，而燃烧出无尽的诗意。

艺术的奇妙也是自己意志的一部分，尽心尽力尽痴迷，一篇篇文章，一张张照片，我闻出了从那里飘出的香气。在阅读的同时，我打开了奇妙的思维空间，跨越了虚拟与现实，似心有灵犀，我拿起了笔，用文字一次次进行再修饰。

报纸，是引领者，指引着我行走的方向。《潍坊晚报》，你的光影和对照片的解说，仿佛投射出了我灵魂的影子，我这样说，是对你的表扬，也是对自我的一种激励。

我愿意以我的文字以及对你的领悟，再一次牢牢地根植于你的记忆深处。

一、花

今日忽见春色现，花开簇簇红满冠。

紫气东来新妆整，娇姿自舞豪气添。

人趁欢色树前过，仰羡几飘回眸眼。

美景尽收生灵气，轻吟一曲诗浪旋。

二、春色，在花里

仲春时节的植物园，明媚多姿，婀娜的枝干上，玉兰花骨朵儿开始一点点绽放。花儿或紫，或粉，或白，在微风中轻轻摇荡。

看，含羞带怯的玉兰花，轻摇着岁月里的悠闲时光，释放着自己的一树花香。人们在路过时总免不了注视它的欢颜，一丝丝暖流涌满了胸膛。

风微微冷的日子里，玉兰花在努力生长、绽放。

与春日里的花事相逢，平添了几分浪漫，日子也因此充满了芬芳。

三、泜河岸边

泜河景区的广场大道，人山人海，热闹非凡，让人感受到弥漫在空气里的春天的温暖，人们不约而同地奔赴这清新的世界，看景区里的樱花大道。

再忙的人，也要赶在花期时与樱花见一面。

樱花自然不负来人，仰起了脸儿，把自己浪漫的心敞开了让人看。一树树或紫或白的花儿，一溜儿排在路边，它们尽情地感知这美好的春天。有春风拂面，花儿的笑容更加灿烂。

散步的人们，享受着春回大地的一刻，享受着这里的气象万千，人

们惬意地在这里放松、休闲。

绕着景区散步，温暖的阳光驱散了寒意，内心不由得生出一种深深的亲切感。

时间不语，樱花陪伴。

淠河的水灵秀，路边的树多情。美好，似乎是从天上掉下来的，人们不负春天的邀请，一边欣赏，一边给景区点赞。

四、花中的奇迹

淠河景区的文冠花，随时间的行走，在看似沉默中千变万化。

你留意花儿的表情了吗？它们与每一个走近的人以颜色诉说。当它是花骨朵儿的时候，呈现为白色，隔天再去，它刚张开的花蕊是淡绿色，再过几天，它们又逐渐演变为鹅黄色、绯红色，盛开以后，又变成了偏紫色。

身材小小的文冠花，花量极大，硕大的花冠上开得是密密麻麻。它花期很长，能开 12~25 天。

这是一种多么坚韧的品格！

春风吹开了花儿神秘的面纱，让前来观赏的人们看花儿随风摇曳，清新淡雅，繁花灼灼中，风儿把花的香气送远。

我沉醉于淠河，围着文冠花转转，嗅嗅花香，感恩生命的存在，寻着花的韵律修行，去尽情欣赏大好风光。

五、春天的美好

春风刮起，已积攒多时，幸福在树与树之间传递，枝与枝之间雀跃着温暖的话语。风儿刮啊刮，渐渐地，给海棠树披上了粉白的花衣。

我来到海棠树下，一遍遍用眼睛巡看那粉中透白的花。花儿的美，让人惊羡，也让人心情愉悦。

花儿是美丽的，它吸引人们去凝望观赏。

春风调皮地吹来吹去，一次次去拂动花儿的脸颊，那是风和花儿在轻轻地交谈。

阳光从花儿的身上走过，它又激起了花儿的多少梦想，这也是它们彼此深情的对话。

细密的小雨滴，从大树的头顶滚落，滴滴答答，滴滴答答。

一切的一切，都在时间的安排中慢慢变化，不知不觉中，花瓣片片凋落，树冠露出了密密的绿芽。

啊，美好的春天像童话，海棠树在春天里再一次走入了有色彩的繁华。

六、希望的田野

田间播种趁春晴，布谷吟唱赞春耕。

春锄扑扑苗勃发，陌边陶醉新妆景。

七、赛马

骑手驾驭马飞奔，威风凛凛蹄声碎。众人助威贺声起，骏马驰骋追追追。技术练就今施展，风华少年显神威。

2022年2月20日读《潍坊晚报》末版《马背上的速度与激情》有感

189

八、潍坊植物园一隅

拂堤悬垂株株柳，柔柔缱绻自风流。

孱弱之姿蒙蒙绿，拟作颜料水中投。

九、雨水话柳

春风拂柳柳传神，放胆梳润贵为真。

若有若无挂新绿，抽青稀稀冬惊飞。

魂牵几度常思怀，笑染眉梢任风催。

十、郁金香

一株株个体，身体里都充满了激情和生机，郁郁葱葱，亭亭玉立。一茎一花，整整齐齐，红的，黄的，紫的……九个品种，各显魅力。

看，花儿们在春风中轻轻摇曳，竞相开放，不千篇一律，开得热烈大气。

潍坊植物园内，四万余株郁金香绚丽多姿。人们不约而同，跟随着花儿的韵律来赏看花儿最繁盛的模样。

园中的花儿相知相惜，你依偎着我，我拥抱着你，都张开了笑脸，向人们晒着自己的幸福。

花儿的微笑和沉思，更显出其美丽。

啊，花儿的心事，只有你身临其境才能品出。

十一 、梨花

暖阳微照心事来，枝头花俏探墙外。

惊鸿一瞥春色许，光影记录醉意裁。

2022 年 4 月 17 日

金玉华府我的家园

文化浸润凝福地，荒芜点点茂盛起。

文思传情笔端落，赊来联想心染诗。

精神炼化重修度，智性语言尽阐释。

雅趣自寻圆吾梦，醉于诗文爱与痴。

　　我曾居住过的地方有好多处，唯有金玉华府小区给了我更多的惊喜，这里最早于 20 世纪 60 年代中期在一片荒地上建造初级中学，后升格为高中、大学直至迁走。小区环境优美，一年四季花草树木变换着花样让人驻足。搬家装修时，我在活动间里做了三个大书橱，方便存书。新冠疫情防控期间，小区物业给家人们带来的安全感、幸福感，着实让人产生出一份对家的深深的眷恋。

致小区物业

保洁、保安、服务，看似简单的工作，更是宏伟的事业，如果没有你们，哪来大家的安居乐业。

新冠疫情期间，你们买药、送菜，业主的诉求你们回应，树丛中打药你们现身。把地下室一隅腾出公用，为健身、为授课、为图书阅览等等，都是为了小区中的居民。

你们忙碌着，不知疲倦，因为你们懂得，被需要也是一种幸运。

因为你们和我们，本就是一家人。

微信的潜力

新冠疫情期间的信息传递，

是微信把小区中的百姓连接。

小区里三百余住户结盟，

所体现的价值日益突出。

这个社会交往的产物，

能够帮助我们表达更多的爱意。

网络上，我们重新被社会接纳和包容，

在琐碎的生活中，各种包袱得以卸掉，

以获得众群友的心理认同。

生活似乎不再封闭，

明天和期望让我们重新整装，

解决了不能见面带来的交流困难，

信息传递了邻里间的友谊。

小区的春天

一

我们居住的小区，像一个花园。

春和景明，百花绽放，桃花开了梨花妍，玉兰树开出灯笼一盏盏，牡丹芍药露姿色，月季八宝探出墙头表演，粉的白的樱花放，柿子宝宝树上露笑颜。

你表现，我表现，春天来了万物豪情添，怎一个艳字描绘，我们看到的是惊喜连连。

小区的美丽促使人快快拿起笔，用文字描绘春天。

二

庭院里正开的月季花，像一幅幅漂亮的彩色画。如醉如痴的人们啊，追寻着花儿走过。

正值花儿的黄金时代。摄像机对着花儿，为遇见、描绘这美好的瞬间。

于是，花儿不再寂寞，它在风中静静地徘徊，它尽情地舒展着自己的笑脸，以留住人们深情的眷恋。

三

工匠播种小花园，侍弄施肥待花妍。

花草摇曳招人看，情意绵绵。

月季、芍药、牡丹，春来处处展画卷。

引无数路人流连，欢声笑语一片。

四

楼前小院满庭花，装扮家园美如画。

赏花何须觅桃园？工匠栽花家人乐。

花开千朵汇美景，满眼绚丽幽香落。

五

看花容易栽花难，花事最盛小区院。丹青能手巧构思，春来片片展芳妍。

嗅嗅清香浸心脾，今观芳容又吟诗：花儿舒展盼凝视，生而灿烂引人思。

蔷薇

一、三号楼东户花墙

树篱拥墙探头长，半藏半露互为傍。

命与非命意向染，装与一体闪闪亮。

风吹腰纤墙婀娜，同欢共舞诗情漾。

二

摇摇墙头花，殷殷说留客。极尽东道礼，淡淡幽香落。

徐徐叶飘洒，摇曳倩影叠。随风花叶舞，篱下和诗乐。

三 、何西花墙视频

叶片茂盛帷幔长，依栏穿插攀成墙。

枝条坚韧花簇簇，微风摇曳轻轻狂。

不语倾城渲画意，串成锦缎掠风光。

四 、七号楼西户南面花墙

花儿稀疏相间，攀爬于低矮的藩篱，阳光扑面，它的俊俏，衬托着绿叶和躯干，上下贯穿。

小区路上漫步，人们尽情地欣赏它慢慢开启的容颜，直到花色贮满视线，风光蔓延……

五、6 月 11 日何西视频回应

池塘流水潺潺，青蛙水中欢颜。

蚂蚁引诱青蛙跃上荷叶，轻盈、灵便。

菜园里蔬果茂盛，茎蔓舒展。

路过的少年，被风景吸引，脚步放慢……

看，年轻人的朝气，融入了大自然。

凌 霄 花

窗外，小院的景色，吸引了我的视线，一幅真实的画在走廊门楣上悬挂。

在最热的季节，遇见那闪烁着光芒的花朵，火红与嫩绿的合奏，绽放出久违的笑颜。

院落中所有的植物瞬间显得更加生机勃勃。

花儿含苞，带羞的妩媚，表现着生命的灿烂。

蜻蜓遐想

　　走在小区的路上，抬头远望，忽然看见一只蜻蜓飞落在路旁石榴树的树枝上，我蹑手蹑脚上前，想近距离观察这突然造访的稀客。

　　鼓鼓的一双大眼睛，澄澈明亮；薄薄的翅翼，透明瓦亮；带有彩纹的肚腹，一起一伏，呼吸流畅……

　　我不由得再向前挪动脚步，想进一步仔细地瞧瞧望望，而它发觉了有人靠近，忽地振翅飞向了远方。

　　蜻蜓飞走了。

　　没有带走的，是人的无穷的回味和遐想。

　　偶然的遇见，我想挽留你，但不能够，飞走是你的自由。

第八部分

教书匠

开辟新事业

写作的几年中，诗词给我以心灵的安慰，也让我有了新的审视自我与周围事物的视角，这是诗词的魅力所在。我想，如果从小就能接触到古诗词，孩子们的精神面貌应该是一种什么样子？因此，我下定决心要做个向阳花，载着满满的诗意，带着满满的希望，与小区中愿意学习的学生们一起成长。

三年多来，我的心中有一个愿望：想做一名真正的教师。今天，这一夙愿开始"起步"。

新冠疫情期间，看到小区里的志愿者义务奉献，我的激情再次被点燃。于是，我到物业办公室说出我的想法，得到了常经理的大力支持，他家的地下室可以作为现成的教室。

因为教学，我迷恋上备课。为了教学目标的实现而参与选课、上课等一系列实际操作过程，充分证明了自己有这份能力。此后，创作的一段段文字都有关教学过程的怎样把握。我尽量要求自己抓住每一个成为合格教师的细节。因此，我每天坚持在读书中思考，整理备课资料。因为有明确的目标方向，遇到什么疑难问题，便会翻字典、查词源，反复琢磨。一番忙碌，取得了丰硕的收获，我也因此而获得了更多的快乐。

如今的我，已顺利完成暑假既定的教学工作。

诗词欣赏、作文教学是对自我的又一次开垦，也是对自己身心的又一次磨炼和提高。

我走在孩子们中间，参与着他们的成长，师生之间相互激励、相互鞭策，一种向上的力量鼓舞着大家。

新的教学工作吸引了我，影响了我，开启了我观察世界的另一个视角。

它，揭开了我人生新的一页！

教书匠

一

大爱秉存教与研，育人责任种心田。
染霜岁月人无悔，装点新知道万言。

二

立身讲台徐徐吟，智慧启迪如穿针。
知识散播开怀事，心有大爱乐趣寻。

三

老来乐学惜光阴，引导学生入正轨。
义学养心无忧虑，颐养天年福气追。

同学自勉词

诗词口中诵，自信胸中涌。
学习争上进，笑脸逐人生。

开学絮语

在这个假期，我和学生们一同学习。

让我们在寻找乐趣的基础上学习一些文学知识。

我们都争取做一个有思想的人，因为，一个有灵魂的生命会因知识的获取，而使生活越来越有趣，这是人生中一件很有意义的事情。

更何况，人的进步与学习是相辅相成的。今天，我把自我学习提升的方法，说给你们听，帮助你们也跨上一个新的高度。用眼睛、用心灵勇敢地去追寻理想中的那个梦。

因此，要求大家每天都迈出一小步，让那股文化之风刮到我们小区的教室里，刮到我们大家的脑子里。与此同时，我们都静下心来，调整好心态，与学习中那些知识点相互认识，并加强记忆。

最后，同学们会看到自己付出的努力不会白费，它会在必要的时候反馈给你，它将是你心中最希望得到的东西，品味一下，甜甜的。

阳光暑假　快乐课堂

当阳光照进小区的庭院，假期中悠闲的孩童们，卸下了沉重的书包，围坐在小区的教室中相互切磋、相互学习。有时，又一起欣赏院落的优美。

我们有足够的时间，面对面坐下来谈。让我们先了解一下彼此，聊一下打算怎样度过暑假中的每一天。你是想帮妈妈干点家务？还是想亲自下厨做一顿饭？或者你还可以习惯性地在日记里写一写：今天你又收获了什么？明天还有什么事情要继续干？首先，你要有所打算。等假期结束，再来检验一下自己的计划是否实现。

美，就在我们身边，需要我们用眼睛去捕捉、发现。

啊，我们美丽的家园！

使小区变得更美，也是我们共同的心愿。同学们要争取做个努力成长的少年，暑假期间，让我们重整旗鼓，这，也是家长们的期望。少年们个个都溢出花儿的香味，在暑假中养成一种自觉学习的好习惯。

到那时，看同学们在成长中的故事被抒写、流传。

《咏风》读后感及随笔

一、原诗

咏风

［唐］虞世南

逐舞飘轻袖，传歌共绕梁。

动枝生乱影，吹花送远香。

二、读后感

虞世南的这首《咏风》，是着重围绕人与物、动与静来进行描写的。

诗的前两句，说大家在一起跳舞，一起唱歌。古时候人们穿的衣服袖子是长长的、宽宽的，随着音乐起舞时，袖子轻轻被甩起，有一种飘逸的感觉，这是指欢舞的人们。其中的"飘""绕"，有人的作用，也有风的作用。主观上写人，客观上写风，使这舞、这歌和着风更加生动。美妙的歌声回荡，绕梁不息。

诗的后两句写物："动枝生乱影，吹花送远香。"风吹动树枝，树枝晃动，还带出了地上晃动的影子。花香经过风的推力，被送到了更远的地方。

整首诗里虽然没有一个"风"字，但自始至终，风都在起着作用。而且，风由近及远，我们闭上眼睛也能体会到。

诗的前两句重点写人，后两句重点写物，在人与物的结合中完成了对诗意的推理，在动与静的推演中，向我们表达了风的威力。这也是一种情感模式的推理，在推理中让人反复揣摩，冥想，从而进入诗的境界，即诗的魅力所在。

这种冥想，把我们带入了流动的空气中，一再想象那风。如：狂风、冷风、微风、暖风等，于是，你拿起笔，在这微妙的时刻，用笔来释放萦绕于心的、了无踪迹的，总是在运动着的、流动的风。

三、随笔

收　获

风，能吹出响声，它能给地球吹起热浪，也能带来凉爽……

我们和风来个约定，我们的收获让风来见证。

梦想不分大小，只要勇于追逐都值得尊重。

允许同学们用一周的时间去思考，修正自己的计划，誊录在纸上，然后按照计划合理安排假期日程。

等暑假结束时，我们再一一复盘，看看同学们的进步与收获，回顾那些奋斗的日子，豪情会油然而生。

啊，传统文化之风，点缀我的心灵。

自造风

夏天的太阳在头顶高照，热得让人无语，那热辣辣的风，直把人的身休包裹。

于是，人们戴上了凉帽在街上穿行，好似变成了一朵朵白云。

还有那些爱美的女士，撑起了小花伞，形成了一座座移动的凉棚。

我们坐在教室里，虽然太阳照不进来，但还是感觉到热。唉，怎么办？

人们拿起了手中的凉扇，自己随意扇扇，凉风阵阵过。

胭脂扣

夏天的风儿，刮来了炎热。

小区里红衰翠减的花蒂，裸露出累累果实，你看那树上的石榴裂开了嘴，桃子、李子的脸变得红扑扑。

夏天的风儿在刮，它喜欢和树上的果实对话。

如果你细细体会，它又像胭脂，把你的脸蛋儿轻轻地擦。

太阳助力，风儿轻刮，脸上挂彩花。

我们在成长

今天是开课的日子，天空湛蓝而宁静。同学们陆续走出家中，走向小区的教室，去学习新的课程，唤起自身的某根神经。

在生命中种下一粒小小的种子，让我们去欣赏那诗歌的美好，探索文学创作的方法。

我们要去解读，去体验，去探究自己身上承载着的那一份传承文化的使命，然后，将所看、所读、所想尝试着写下来，以文字为记录。

唐诗里的风，刮入小区的课堂中，唤醒你们的心灵。同学们的身心，要自觉地沉浸于风中。如果你沉醉其中了，就深刻体会一下，那风隐隐有些暖，也或许有些冷。愿同学们借助古诗词的力量，了解和正确把握传统文化知识，放飞想象，在作文中释放出自己的见解。

我们可以试着踏进诗的意境。你种下的种子在发芽，那芽随着你的思绪也一再抒情，我们要让这种美好的精神去填充心灵。

慢慢地，我们又在现实中清醒，捡拾起虚幻里的那些果实，这，便是我们想要的结果。

有人说余秀华"泥里生活，云里写诗"，我想，也就是这种意境。

《画》读后感及随笔

一、原诗

画

［唐］王维

远看山有色，近听水无声。

春去花还在，人来鸟不惊。

二、读后感

诗的前两句"远看山有色，近听水无声。"诗人在所用词语上辗转腾挪，从而拉近了远处与近处的距离、远山与近水的关联。从远处看，高高的山上景色明亮，当走近了听，山泉流动却一点声音也没有。

诗的第三、四句"春去花还在，人来鸟不惊"。现实中的春天已经过去了，可花却没有凋谢，有人走近，鸟也不会感到害怕。春去花还没有凋谢，给画拉出了一条缝隙，制造出一段距离，这种意象性构造，将静止的画描述得活灵活现。

现实是一回事，画中的世界又是另一回事，通过反复探寻——远看、

近听，春去、人来，将艺术与现实作对比，使画与现实有了张力，加强人的想象力，这也是诗的现实意义，这样一再运用，让我们进入了一种新的观察视角。

画作是对世界新鲜感觉的记录和发挥，它表现现实，又不全是现实，这是画与摄影作品的不同之处。也如同面对同一幅画，不同的人作出的诗会有所不同；针对同一命题，不同的人写文章的叙述过程，甚至描述的侧重点也会不同，这些问题都与个人视角、艺术鉴赏能力、语言的丰富程度有着很大的关联。

三、随笔

在画中与同学们共勉

走过秋冬，又来到春夏，入住三年多，小区里的景物像一幅有韵味的画。

家人们从小院入手，种上了高高的花木，修整了小院里的菜园。鱼池中鱼儿嬉戏，花架下矮花满地，花架上有花也有果，寻看院落中的美丽景色，春天桃花、杏花、樱花盛开，夏秋柿子、石榴挂上枝头，公园景观与田园生活相融。

行走于小区，欣赏它变幻着的俊俏模样，生活在这里的人们，也时时把自己的心灵装扮，助人为乐、拾金不昧、无私奉献，件件小事衬托着家园的氛围，同时也点亮人们的心灵。

居住在小区的居民，是小区面貌的欣赏者，也是故事中的角色。人们心灵美，工匠们手灵巧，我们总是被周围那春的气息和人格正气牵引向上，正义之呼唤把些许不和谐的音符覆盖。家人们都是美的践行者和美德的传播者，烟火生活中的温暖把人心熨帖。

金玉华府是一所大学迁徙后留下的福地，我想让家人们知道它的来历：从建校时的初中、中专，到后来的大学，再到如今的小区，一路走来，莘莘学子在这里留下了他们进取的足迹。

家人们，让我们相约顺着那向上的阶梯从画中回到现实，一步一步，脚踏实地，认真看书学习，等十年、二十年以后，再回过头来看看自己成长的那些点点滴滴，那时的你一定会因为自己的成长、进步而感到无比欣喜。

《金缕衣》读后感及随笔

一、原诗

金缕衣

[唐] 杜秋娘

劝君莫惜金缕衣，劝君惜取少年时。

花开堪折直须折，莫待无花空折枝。

二、读后感

诗的前两句都以"劝君"开始，"惜"字出现了两次，"莫惜"与"惜取"相冲突，表达了"一寸光阴一寸金，寸金难买寸光阴"的用意。"千

金散尽复还来",然而青春对任何人来说都只有一次,一旦失去,永不复返。惜时之情在反复咏叹中得以表达。

第三、四句则构成第二次反复咏叹,单就诗意看,与第一、二句差不多,还是"莫负好时光"。但是表现手法却不一样,上联直抒胸臆,下联用比喻的方式表达,是比意。

诗中用花来比喻少年的好时光,用及时折花来表达莫负大好青春的思想,既形象又优美,创造出一个意象境界。

三、随笔

珍惜时间

时间是什么?有人说它就是时钟在滴答。字典上说,它是一切物质不断变化或发展所经历的过程。

时间就是生命,生命对于我们来说只有一次。我们珍惜生命,就应该合理安排属于自己的时间,想方设法不虚度年华,做到这一点,实际上就等于延长了自己的生命。

学习很重要,时间很宝贵。在青少年时期的学习中,语文学习又显得尤其重要,因为它是学好各科目的基础。多阅读,是学好语文的关键,这就又涉及选择书目的技巧。世界上的书那么多,在有限的时间内选对书,来节省时间和精力又显得十分重要。

依我之经验,需注意三点:

1. 从现实学习的需要出发选择书。譬如,今天的作文题目是《珍惜时间》,你可以围绕这个题目,选择有关联的书籍去读,顺便将书中有启发、有帮助的字词和好的语句有针对性地去运用，进一步充实你的文章。

2. 从兴趣出发挑选书。兴趣是最好的老师，由兴趣唤起自己独立意识的觉醒，在兴趣的吸引下，难度大一点的书照样可以阅读。如果遇到不懂的词或概念，要积极查字典或寻求帮助，这样会取得事半功倍的效果。

3. 从实际出发，根据自己的理解能力和接受能力适当扩大阅读范围，扩大自己的视野。选一本有深度的书，让书中的世界与自己的心灵进行交流和对话，那么，你的收获必定会很多。做一个终身学习者，一个不断成长和进步的超越者，这是很重要的。

怎样使自己的人生过得幸福而有意义？在这个过程中，高度和角度决定了你成长的幅度，需好好思索。

如果没有生命，时间算什么？人生是美丽的，人生的意义就是成长。所以，我们要在自己有限的生命中合理安排时间，在青少年发展阶段更不能放松自我。人之所以能实现自身成长，离不开精神的健康和知识的喂养，你成功的身后包含了教育的力量。

六十多年的人生经验告诉我：饱食亦要有所求，时间多为书香留，唯有技能手中握，获取智慧赢人生。

《蝉》读后感及随笔

一、原诗

蝉

［唐］虞世南

垂緌饮清露，流响出疏桐。

居高声自远，非是藉秋风。

二、读后感

这是一首托物言志的小诗，是唐人咏蝉诗中为后世称赞的一首。

首句"垂緌"与"清露"表面写蝉的形态与食性，实际是颂蝉之高贵、清逸。第二句，"流响"赞美蝉声，"出"字把蝉声的传送形象化，且与末句"秋风"相照应。这句诗生动描写了蝉声传得远，并自然引出第三、四句的点睛之笔。蝉声远传，并非凭借风力，而在于蝉之"居高"。暗指品格高洁的人，不需要借助权势等外界因素，自能声名远播。

这首诗从表面上看是咏蝉，实际上是想表达品格高尚的人并不需要外在的力量，自能声名远播，作品充盈着对人内在品格的赞美。这种凭借咏物表达思想感情的写法叫托物言志。

"物"是自然界的各种事物，"志"是诗人借咏物所要表达的思想感情。两者在诗中是密切联系、不可分割的。在托物言志的诗中，所言之志是通过诗中的意象含蓄委婉地表达出来的，脱离诗中的意象言志是不存在的，或者不能称之为托物言志。

　　准确地把握事物特征,进行逼真的描绘,使"物"人格化,"物"和"志"才能达到高度的统一。"饮清露"本是蝉的生理特征,但这一特征在诗人的笔下却有了品格高洁的含义。蝉声远传应当有秋风吹送的作用,诗人却强调这是居高的缘故,诗人的弦外之音不言而喻。正是诗人再现了蝉"饮清露""居高"等特征,我们才不难联想到诗人所赞美的人内在的品格,这样"咏物"和"言志"就高度统一了。

　　"物"与"志"有机地统一,将"物"人格化和借助鲜明的意象含蓄地抒情,是托物言志诗的特色。从这两个特点入手,是鉴赏此类诗歌的一条有效的捷径。

　　再捋一遍诗的意思:蝉栖息在树上,靠饮清露唱出优美的乐章,这优美蝉声的远传不是由于秋风的吹送而是自居高处的缘故。

　　此诗以蝉喻人,构思巧妙,意味深长。

三、随笔

蝉

深埋地下几沉默,终见阳光寂寞脱。

人间美好抒胸臆,放开喉咙任放歌。

为生而歌

生于酷夏不言热,知了知了声声歌。

夏蝉不知秋冬春,唱响生命火辣辣。

蝉的前世今生

知了知了声声唱，夏日蝉鸣合交响。

成虫羽化树上秀，低吟高鸣豪气爽。

馥郁美味盘中餐，营养丰富伴佳酿。

知　了

迷人梦境地下藏，痴情苦苦盼夏长。

几年重塑暑气添，终见阳光破土上。

饮露沐月换衣装，烈日当头开唱腔。

热浪滚滚闲情寄，高歌声声震宇寰。

天气预报

夏日的傍晚，太阳已经下山，知了还在大声地叫喊，空气中一股股热浪仍在不断袭来。

那一声声长鸣是在抵触这傍晚的燥热吗？啊，我们只能猜测。

这是要大家做好准备，它明天要冲刺更高的声调！

公园听蝉

绿树掩映微风吹，知了知了合唱队。

高低急缓齐有序，多个声部默契喊。

棵棵大树舞台作，丝丝入耳声声合。

伏在树枝瞪着眼，摇头晃脑尽情欢。

无怨无悔忧愁抛，喧嚣尘世唱淡然。

静静聆听余音绕，为之陶醉入心间。

闲听蝉，多韵远，心安静，喜乐添。

蝉　说

这个夏天，我们聚在一起谈论美德的意义，知了排到了第一。

从出生的那一刻起，它们就相信阳光，相信正义。一天到晚，它们都在讴歌着人间一切美好的信息。

它们，偶尔也回望自己"前世"那些黑暗的时期，地下四年的默默苦守，就在那个时候，磨难、执着、抗争，换来了如今的蜕变。

今天的自己，已融入大自然，有阳光的照耀，浑身上下暖烘烘的，每天早晨有露水解渴，从而进化出自己带翅膀的身体。

它们说，我们不能忘恩负义，我们要以自己的方式讴歌这个光明的世界。

午后的蝉

夏日的午后，蝉在树上鸣叫。它有着黑黑的腹色，有着会颤动的翅膀。它喜欢在树上栖息，它歌唱着夏日的阳光。

这只微不足道的小虫，有着顽强的生命力量，在它短暂的生命中，鸣叫出让人惊艳的声音。

炎炎夏日，要是有一只蝉扯开嗓门"领唱"，立刻便有无数蝉呼应，那阵势，不亚于一场唱歌比赛，万物俯耳倾听它响亮的声音。

日月轮回中，它们享受着那灼热的阳光。

自然界中的它们，无忧无虑，不慌不忙，那声音阵阵响起，蜿蜒绵长……

215

《采莲曲》读后感及随笔

一、原诗

采莲曲

［唐］王昌龄

荷叶罗裙一色裁，芙蓉向脸两边开。

乱入池中看不见，闻歌始觉有人来。

二、读后感

在荷花盛开的莲池当中，有一群采莲的少女，她们的裙子绿得像荷叶一样，红润的脸颊与盛开的荷花相互映照，真美啊！突然，她们都混入莲池中不见了踪影，听到了她们的歌声，才发现有人来了。

这首七绝生动地反映了采莲女的劳动生活，但又不是直接描写采莲的动作，而是从侧面刻画采莲女的形象，表现采莲的场面。这样虽然着墨不多，但给人留下深刻的印象和想象的余地。

三、随笔

夏日说荷

夏日的荷塘里荷叶碧绿，挤满了整个画面。荷花或粉或白，品种多样，花色丰富。艳丽的色彩、优雅的风姿像一幅幅油画。采莲的人们，泛着一叶轻舟，穿梭于荷花之中，那种"乱入池中看不见，闻歌始觉有人来"的景象多么美妙。

自古以来，人们就偏爱荷花，那些流传千古的诗词名句让我们对荷花的品质有了更多的了解。如三国时期的曹植以荷花之美来形容他理想中的洛神，又作《荷花赋》赞美荷花的高洁美丽。最为人称赞的是宋代周敦颐所写的"出淤泥而不染，濯清涟而不妖"。欧阳修也写过"池面风来波潋潋，波间露下叶田田。"

夏日消暑，荷塘，便是人们的好去处。

阴下，荷花池边心静凉。

采　莲

叶子当小伞，手擎遮阳天，花叶采回家，酱肉蒸饭团，解暑又消腻，肉香浓浓鲜。

荷塘联想

夏季，是荷花的盛开期。荷塘里满池的绿，壮美，吸引人们目光最多的，不外乎是开得大气、娇艳的花朵，花映人面时，微风吹来，荷香阵阵，沁人心脾。

杨万里的诗："接天莲叶无穷碧，映日荷花别样红。"这美得让人印象深刻的诗句，体现出古人对荷花的喜爱，对大自然的赞美。

池塘中每一朵打开的花蕾，始终在诱惑着饥饿的蜂群，它们扇动着翅膀，一朵朵吮吸，它们每一次轻轻地起落，总能带来荷花微微的颤动。荷花欣喜这生命的赠予和蜜蜂对自己的良苦用心。它们共同快乐着，这是送给夏天美丽的点缀。

池塘里的水，是荷的舞台，它们生命的绽放简直就是夏天的舞台剧。我们看到红花绿叶随风起舞，舞步婀娜地摇来了一个个莲蓬，池塘中莲

藕的生长也在向水下延伸，待那舞台剧退场，莲藕摆上筵席，人们看到的是另一番景象，那景象直让人垂涎欲滴。

《竹石》读后感及随笔

一、原诗

竹　石

[清] 郑燮

咬定青山不放松，立根原在破岩中。

千磨万击还坚劲，任尔东西南北风。

注：郑燮，清书画家、文学家。字克柔，号板桥，江苏兴化人。曾任山东范县、潍县知县。

在我们小区南面约2公里处，就是十笏园文化街区，那里设有郑板桥纪念馆。

二、读后感

竹子的根像嘴巴一样牢牢地、紧紧地咬住青山，把根深深地扎在破裂的岩石中。经受了千万种磨难打击，它还是那样坚韧挺拔。不管是哪个方向的风，都不能把它吹倒，不能让它屈服。

这是一首咏物诗，表面写的是竹子顽强坚韧的特点，其实是在借竹子，来代指诗人自己不畏强权、刚毅勇敢、刚正不阿的高洁品质。

同这种人生态度相联系，诗人在画技上也追求自己的个性，不与世俗同流合污。这首诗也可以说是诗人在画坛上自成一格、不落俗套的宣言。诗人通过对竹子坚韧、刚毅品格的赞颂，表现自己不趋炎附势的人格。

郑燮工画兰竹，书法以隶体掺入行楷，别具一格，诗近白居易，以白描胜。

郑燮出身贫苦，四十五岁始中进士，在范县、潍县当了十多年知县（即县长）。居官期间，他没有忘掉自己的本心，经常想到贫苦民众的生活，力所能及地关心帮助他们。灾荒年月，他主张赈灾济贫，并因此得罪了豪门，愤而辞官。他宁肯不做官，以卖画为生，也不向当权者低头屈服。这首《竹石》就寄寓着诗人坚毅顽强的人生态度，是诗人品格情操的写照。

三、随笔

《竹石》的启示

我总以为竹子那么素气，终年不开花，没有什么可欣赏的。但是，当看到小区里竹子今年的长势，再结合今天学习郑燮《竹石》这首诗，我对竹子有了深刻的认识。

"咬定青山不放松，立根原在破岩中。"这两句诗描写了竹子顽强坚韧的品质，同时也赞颂了竹子的蓬勃朝气。再看看小区里的竹子，它有两三年的时间只是萌发了几个小芽，还不如花草长得旺盛，原来它的根在地下慢慢深入。今年春天，它们突然间就高高地蹿起，探出了墙头外。竹子能紧紧地咬住青山，咬住大地，顽强地把根立在破了的岩石中，我们

为什么不去学习它的这种精神呢?

更可贵的是竹子"千磨万击还坚劲,任尔东西南北风"的毅力,读到这两句,我又被竹子感动了,历经千辛万苦,它们依然坚韧挺拔,毫不畏惧磨难。想想我们有些人,有时候只要碰到一些比较难的问题,就会被吓住,进而选择放弃。

面对困难时一个人的态度和行动积极与否,决定了他人生的成功与失败。竹子坚韧不拔的品质和顽强不屈的精神启示我们,无论做什么事情,都要持之以恒,要在磨难中锻炼自己,只有咬住牙挺过去,才能赢得最后的胜利。

在今后的人生岁月中,我希望同学们努力学习,筑牢自己的文化基础,在生活中遇到困难和挫折,千万不要灰心丧气,想想郑燮的这首《竹石》,你定会重拾信心,增加前行的勇气。

竹

金玉华府小区各自家院里的花墙边,种下了棵棵竹子,两三年间,它们在一片素色里徘徊,默默不语。

终于在今年的某一天,它们敞开了胸怀,枝叶神通般地伸向了天际。

风儿吹起,它们的竿叶飘舞起伏,如绿色的绸缎带着微微的喘息,多年的梦想终于被唤醒,它们争先恐后地蹿起。

六课串讲

学好语言,是人生的基本功。对语言的应用,包含的意思有两层:一是要讲求说话的艺术性,二是要具备一定的写作技能。今天对古诗进行学习,要捕捉传统文化中的那些句式、意境、借物喻人等写作手段,在自己的作文中加以应用。

在暑假课堂中，同学们静静地听，朗声地诵，默默地写，写出了赏析古诗文之后的一篇篇习作，眼前这一幕幕的景象就要过完，在这耐人寻味的最后一课，我把咱们学过的内容以串讲的方式带过。

几个同学，胜过一个剧场的听众。那课中的魅力能有几个人听懂就值得庆贺。理解，不仅需要认真听讲，更需要把学到的知识、习得的道理应用到今后的实际中去。在这个炎热的夏天，我已经看到了同学们珍惜时间，自律学习的样子，看到了你们的成长。

在学习古诗词的应用方面，如学习《咏风》一文后，有的同学把诗的内容和自己良好的家风联合起来，文章感人至深；在学习《蝉》一文后的作文中，有的同学细致地描写了蝉一生的生长过程，情节完整；在学习《画》一文后的作文中，有的同学把自己置身于画中的世界，记叙自己写生及着色的高兴心情等，以上这些都充分说明，只要同学们认真学习，就会有所收获，对收获的知识加以运用，就会有提高。

提高作文水平，学会阅读非常重要。会阅读是指阅读的同时要学会思考，所以你要用心去看，在看中思考，并与实际相连，这有助于客观事物的正确表达。阅读不是一种机械的行为，需要理解，在思考中理解消化书中的要义，学会了这一点，你就学会了自我成长。人生最精彩的，不是实现梦想的瞬间，而是坚持梦想的过程，这一点，需要自己去好好体验。

通过阅读来拓展自己的世界，能看到和其他人不一样的东西，这样，你收获的是自己富足的精神。反观人生，就是一个自己和自己较量的过程。

今天讲《竹石》，我们来看郑燮的一生，活在康乾盛世，十年县令，七载春风在潍县，综观其为人、为政、为文、为艺，"立功天地""字养民生"。

早年落拓扬州卖画为生，自述"十载扬州作画师，长将赭墨代胭脂。写来竹柏无颜色，卖与东风不合时"。扬州虽然是富人的天下，但他的画作卖得并不好。

后经过十年寒窗苦读，在四十五岁那年，他考中举人，第二年奉旨上任。在潍县任职县令时，有上司向他索画，他绘就了一幅《墨竹图题诗》，从而一举成名。他用浓墨居中画出一竹，不摇不摆，挺然而立，寓意宁折不弯。"衙斋卧听萧萧竹，疑是民间疾苦声。些小吾曹州县吏，一枝一叶总关情。"在画面上题上这首诗，犹如画龙点睛，画题自现。衙斋听竹，想的是百姓，竹声就是民生。

郑燮的绘画以兰、竹、石为主，尤精于竹，那首"咬定青山不放松，立根原在破岩中。千磨万击还坚劲，任尔东西南北风"的题竹诗，是一种精神，更是一种力量！

郑燮画竹，不特为竹写神，亦为竹写生。瘦劲骨高，是其神也；豪迈凌云，是其生也；依于石而不囿于石，是其节也；落于色相而不滞于梗概，是其品也。竹之神、生、节、品四性，是郑燮对竹的高度概括，可谓妙绝。

郑燮强调，读书要精读，反对泛读。读书一方面是为了汲取书中的精华，二是为了激发大脑中的智慧，所以不在于书读得多，而在于精和实用，不浪费时间。

欣赏古诗词的目的，一是学习古人诗句中的智慧，诗中语言的微光在感召着你，触动你的心灵感悟，二是培养个人的想象空间，安放灵魂。

让我们学习竹子坚韧不拔的精神，让自己学会站立。

同学们，你们正值青春年少，如盛开的荷花蓬勃展芳华，在这里，我送你们几句祝福的话：学会读书，觉醒精神，激发感情，打开心智，跟随时代步伐，做一个德智体美劳全面发展的对社会有用的人。珍惜少年时光，要把它有效利用并作为自己进步的契机，这样努力下去，你人生的画面必定会越来越精彩。

我当志愿者

在小区的公益课堂中，每堂课，都有新的话要说。

现在，让我想象一下那些可以感知的东西，和那些课上要说的话。首要的是，问题要由你事先设计创造出来，如讲课的内容、你的形象、你的期望，要预先进行丰富的设计和联想。

于是，就有了：

> 准备日子费神吟，挑拣诗文笺上存。
>
> 借题破解文章作，电闪雷动刹那春。
>
> 缕缕诗情带雨过，高枝次第瓜果结。

课前导语

欣赏古诗词，忆古人人生之沉浮，想象中的空间保留了诗人沉思的样子，远在千里，又近在咫尺。

无限的追思，诠释了诗人生命的意义。

欣赏古诗词，能给人留下经久不忘的回忆，对个人的影响也是潜移默化的。

古人匆匆走过，我们需要做的是留一双聆听的耳朵，听一听古人的浅吟低唱，听一听他们的激昂欢歌，听听他们动人的劝勉，也可以把他们的形象勾勒。

从古诗词中探寻新意，这也是我们今天学习古诗词的目标。

上 课

小区的教书匠推门而进，每周一课讲解古诗词，诵读声引出同学们学习上进的信心。

教室里，我们一起放慢脚步，咀嚼消化那文中的诗意。从古代传统文化中汲取养分，把学习、理解和应用词汇作为一种美德，咏古颂今。

让我们拿起笔，把心中涌出的句子送往那等待的白纸，白纸渴望着黑字，渴望着拼合的集体。每一个努力的同学，都在用不同的方式，搬运着汉字，重重叠叠。

文化的种子是一个人生命的依仗，你想想，一个人的心灵如果充满了智慧，那他的人生之路必定顺畅，学会用文字表达便是有意识地提高自己的途径。字和词的聚集，是美的集合体。同学们借助那张白纸，讲述着自己的故事。

在这个过程中让我无法描述的是，似乎有一种前进的动力，不停地把大家推送至看不见的高处。

消　化

孩子们在似懂非懂中诵读古诗，以不可言说的情感创设自己对古诗的探索意识，然后慢慢地想、慢慢地思，最后，大脑里终于浮现出些许光亮的词语。

就这样，一次又一次的循环往复，把思考带向深处，灵魂里溢出淡淡的香气移到字面中的文章里。

今天的小区，也必将由你我带来一种新的、向上的气息。

课中启发

一

诗词学习的风一吹，同学们像小鸟一样振了振翅膀，欢呼雀跃着都跑过来了，这流露出了你们内心的渴望，来，让我们一起学着倾听、欣赏。

诗词古风里有个声音在向你呼喊，它在呼唤你，呼唤你思想的解放。它热切地期望你成为自己的启明星，剥去混沌迷离，换取思维的清晰。你需要自己想办法在大脑和心灵之间架一座桥梁，使自己的思想能在花园般的世界里徜徉。

人类的灵魂总是想装满所有的智慧，所以，要让知识的幼芽早早进驻自己的心灵。我们人类是自然界的一部分，理应与自然界相融。欣赏古诗词的最终目的是学会用文字表现现实中的美好事物，并以诗去阐释。

对于同学们来说，就是要注意观察，并发现身边存在着的一切美的事物，把发自内心的快乐、幸福以文字的形式记录下来，把自己的情绪反映到文字中去，那么，你欣赏诗词之后的感悟就能在文章中很好地体现出来。

我希望这种现象能在同学们身上早一点发生。

二

课堂上，我对古诗词的梳理，是想让那文字发出的光融入同学们的心田，你们可以试着在心里默思默想，让你的思想发出光芒。

大脑多思善变，思维之浪花翻卷。终于，流动的潮水不断涌出，把汲取的知识加以梳理，把蛰伏的思绪落于纸面。口中默念，精致的话语誊于纸面，这便是心与思想的交流，让它们都在纸面上见。

对汉字的学习是人一生的修炼。只有把汉字运用自如，才能将它变为自己一生幸福的源泉，用自己的眼睛，用自己的大脑，用手中的笔去讴歌世界上那些美好的瞬间。

《论语》中有一段话："学而不思则罔，思而不学则殆。"这充分说明学习的同时要思考，在思考的基础上辨别很重要。教师的教学只是引导，唤醒自己思维活动的过程要自己觉悟。

今天，我们在心里种下一颗文化的种子，学习、思考就是给那颗种子的阳光雨露，你得在心里对自己说"我能"，并在行动中一再朝着发芽成长的方向努力。

让我们顺着古诗词的意境引领精神层次的上升，从心出发，慢慢咀嚼，慢慢消化，然后再把新时代的文化内涵进行融合。

几度期盼，期盼你们加快追梦的步伐，让我们的心与文化产生爱的共鸣，那么，我们就没有白白浪费暑期的大好时光，说明我们已开始迈向成功。

加油，让我们继续华章高奏。

讲课中的提醒

同学们，你们想拥有满身的才情和智慧吗？

在这里我想说一句，你若想的话，请你读书吧。

读书决定你生命的高度。饱读诗书，就能从阅读中享受经世致用的人生哲理。读书能修身养性，更重要的是，书中藏着世界观和方法论。阅读的同时，思考一定要跟进，这一方法能实实在在地改变一个人。

人生智慧从诗书中攫取，人会更有见地，更有格局。正因如此，才有了"腹有诗书气自华"这一亘古不变的名言。

学习古诗词会给你一个有趣的灵魂，一个有智慧的头脑，探古颂今的同时，会让你生活得更加通透——诗词本身就有这样的魅力。

希望同学们从今天开始养成记日记的习惯，只有当字出现在纸上时，成长的故事才能得到见证。日记不但可以记录你今天的所学所得，还可以记录你成长过程的情感，它值得你珍藏一生。当你长大后再翻看浏览时，更是另一种愉悦的享受。

上课激励语

今天的学习是对文化知识的积累，只有不断学习，才能让自己保持一个清醒的头脑。做事情时先思而后行，这样也便于开发自己的潜能。目前我们需要做的是，抓住学习中的目标不放松。老师在耳旁轻轻地说："慢慢去把那扇关着的窗户捅破，才能化蛹成蝶。"

老师又说："你想成为一个有知识的人吗？如果想，那就读书吧。"

于是，同学们跑进了书山，穿越书林，忙用双眸觅又寻。

天天寻找好的文章，把过脑的知识细细碾碎，再碾碎，将书中的智慧和自己学到的知识融合后记录到作文中。

关键时刻老师提醒你留神，留神，书林中那些贴切的字与词应拾起捡尽，这些沉甸甸的东西一定能触动你的内心，这些知识武装你的头脑，能让你写出更有思想深度的作品。

还有老师那一直劝勉的口号激荡人心：

> 暑假课堂诵古文，自勉之词增信心，
> 学子努力争上游，口号吟诵润人心。
> 口号过脑心气高，口号翻云影子绕，
> 口号走心格局大，儒雅在身正气浩，
> 一颗红心跟党走，人生风光诗香润。

课中期望

时间，只属于生命，不要诧异，请好好珍惜。

知识，就该归人类所有，我们没有理由与它失之交臂，请允许我与它靠近。

当我们来到这学习的空间，知识的光照进心里，它悄悄传递着某种信息。

我们的心和脑之间的通道在碰撞中打开，无数的希望翻滚着向我们涌来……

是的，春天会到来，花儿会盛开。

作文基本思路

作文怎么写？看书加动脑，字词重组合。

"读书破万卷，下笔如有神"，讲的就是这个道理。

把书中的句子照抄照搬叫抄袭，不可取。

围绕作文题选择书学习，合适的内容先放进脑子里，好的词语组合进来，用字组成新词，或者老词新用。

书中的好词好句记下来，多读多看多摘抄。

突出文章的层次和条理，自己想要表达的思想通过文字慢慢阐述，按照逻辑对文章的语句要梳理再梳理，直到对文字满意为止。

要谨防文章从开头至结尾写了一大堆，其中的道理似乎没说着。

作文的第一步是确定主题。围绕主题，自己在心里必须先梳理出文章的大致脉络，再下笔具体阐述。写作时要注意分段，凝练语言，上下兼顾，连贯表达。

在构思技巧的应用上，文章的开头、中间、结尾都可以引用诗词或名人名言，以提高文章的文学性，并借此拓宽思路，增加阐明主题的力度。

谈谈作文这件事

作文是一个人上学识字后最基本的傍身技能。知识需要慢慢积累，技能需要慢慢操练。

有研究表明，孩子的智力水平主要取决于其所处语言的环境。孩子听到的话越多，就会变得越聪明。那些有时间、有耐心，而且教育方法得当的家长更容易让孩子走上良性发展的人生轨道。

一个人成功的法则是：做一件事情，当自己经过几番努力，仍感到不见起色时，要学会求助别人。因为任何一位家长都不太可能成为全能角色，这就是为什么孩子稍大一些后，就必须把他们送到学校去，学校教育会对孩子的教育提供帮助。

学校教育中，当学生具备了一定的词汇量，就会学着看图说话，然后是写应用文，再延伸至主题性作文。写作主要是考查学生对所学知识的理解和应用，写作过程又是学生自己与心灵对话的过程，是学生自我教育的一种良好方式。人的心就是一块田，你放什么进去，就像播下什么种子，在条件成熟时会结出果实，只有播种春绿，才能品味秋意。在知识的书山，只有爬上一定的高度，才能看到迥异的风景。对于学生而言，首先要懂得自觉接受教育、学习知识，并多加练习和应用。珍惜学习时间，才是对人生积极的态度。

老师把自己的知识以上课的形式对学生传授，学生要学用并重，写作文时外加一点自己储备的知识和丰富的想象力，运用所学知识和技巧进行合适的"裁缝"，这样写出来的文章才是合身称体的新"衣裳"。

一个人的成长，需要良好的教育和自身的努力相结合，有句古话说：

"人皆可为圣贤。"因为每个人都在成长，他可以成长为科技工作者，可以成长为企业管理人员，也可以成长为作家，但他们有一个共同的特点，就是都有文化。

人的一生就是要不断地进取，学习和写作一样，你所学的知识要为自己所用，并把它转化为自己的一项技能，这一点很重要。有的人之所以文章写得好，一是因为大脑储存了丰富的知识，能用简单通俗的语言把论点解释清楚，二是因为自己不吝于动脑并勤于练笔。

谈收获

在暑假安静的午后，把自己的心交给教室。这时，仿佛我们都站上了高处，良好的学习之风刮来，穿越时空，温润我们心灵的，是古人的诗词。

发扬我们今天建立起来的良好的学习风气，有利于同学们的学习，我们都期盼着把自己学到的知识运用到实践中。

对于求知者而言，要随着那风思考，从风中汲取养分。

我们都怀着坚定的信念，点亮那盏不灭的心灯，照亮自己的前程。

如果你怀着一颗诗意的心走出教室，穿行在小区中，小草会向你躬身行礼，花朵会向你奉上甜美的问候，那红红的石榴，看到你也会低下头。

你高兴地欣赏着它们的美颜，它们顺着那风，也在和你遥相呼应。

做个向阳花

小区里，那盛开的向日葵，有着满满的欢乐，带着满满的渴望，使院落在季节的交替中又散发出幽香。

它张着笑脸，欢迎你走近了对其进行欣赏，它尽情地享受阳光雨露，每天都在不断地生长。它的信心随着阳光的不断亲吻而越来越高涨，你看，它的脸儿越长越漂亮。

它，一刻也不停地生长，擎着天，向着阳光，仿佛有诗一般的语言在它的身体中游荡，即便是电闪雷鸣，滂沱大雨无情地敲打它的身体，它也毫不低头。当雨过天晴，它依然把头颅高昂。

我们要学习向日葵永不低头的精神，历经风雨，痴心向阳，逐梦追理想。

观察的意义

观察是什么？简单说，就是去看，带着自己的心去看。

只有注意观察身边的自然事物，才能发现身边的美。用眼睛看时要多用心、多思、多练。诗的语言就像是自身捎带的物件，穿过心灵，等待你用笔去把它轻轻拾捡。这样坚持下来，总结一生的经历，自然会积攒无数的诗意。

回想从自己喜欢上写诗开始，花在观察事物、寻找描述诗句的事情上的时间远远大于做其他事所付出的时间，即使这样，我还是乐此不疲。

我这样做自然有我的道理，许多小诗就诞生在这样的时光里。如："十年医路十一春，一路春风一路醉。心有诗意处处景，路路走来总觉新。"走了十年的老路，路边的树发芽了，树上冒出满头的新绿；树上又长骨朵了，开花了。甚至在十字路口等红绿灯时低头看见花坛中的花草迎风招展，我也会专注凝神多看一会儿。感觉它们进入我耳目的目的是告诉我它们生命的秘密，它们和人类一样生生不息。看似渺小的万物，在大自然中，各自舒展着它们美丽的香体。

这舒展有二：一是自然之物——树和花的舒展，二是自我心灵的舒展，带出了自己表达诗意的情感。人在美丽的大自然面前，不是心烦意乱，而是心灵舒展，它促使你从多方面快速搜索华丽的句子去描绘它，从而使你能静下心来思考、观看。这不是梦幻，而是在力所能及地寻找答案——用最美的语言。

生命的奇迹

咬文嚼字，是一个秘密。字与词的组合，时不时地在灵魂中跳舞，跟跄碰撞折射出一个个故事。

现在，我不再保守这个秘密，我要告诉你们这些惊喜，希望同学们也能复制。

是小区这块福地良好的人文环境重塑了我的精神。

我爱小区，爱家园中美丽的四季，它为我情感的抒发提供了依据。

书香，是它的原始基础。如今，我们居住在此，小区这块福地经常有助人为乐、拾金不昧等好人好事在"家网"上被人传播，人们都微笑着热烈地拥抱生活。

今天，我和同学们分享我的故事，愿这份喜悦在同学们身上延续，让那知识的冰花在同学们身上融化，缓缓流入心窝，激起一点点闪烁火花。

成功即磨炼

在暑假的课堂中，同学们用心和文化之光交互碰撞，恍惚中我们同时站到了书山的高处，内心敞亮。

我们不断地用那束文化之光激励自己，用行动证明自己充满积极向上的力量。

我们品读，品出了中华文化的源远流长；我们欣赏，在欣赏中悟懂了学习能为自身成长注入能量；少年强则国强，我们要不负使命，勇于担当。

自觉把读书学习当成习惯，有助于我们顺利抵达成功的彼岸。

　　道理看似简单，却需要我们反复实践。对语言的学习、运用，是人一生的课程，现在就是最好的磨炼时间。

　　学习经典文本中的经典文化，开阔了我们的视野，丰富了我们的暑假生活，提高了我们的写作能力，愿我们今天的付出，换来明天的掌声一片。

　　生命之花的绽放，需要用语言来滋养，让我们珍惜暑假中的美好时日，专注于学习，提升自己，迎接灿烂的明天。

　　我殷切地盼望着在同学们身上发生这一奇迹。

学习加联想，人生不一样

　　人的一生短暂而美好，你要追求什么样的人生，心里一定要有一个明确的目标。

　　人需要根基，这和大树的生长是一样的道理，越是高大的树木，它的根一定扎得深，扎得牢，任凭风吹雨打也不会倒。人也一样，人生在世，必须有自己立足的基点，我们青少年时期学习的科学文化知识，就是我们立基的根本，上学也是基于这样的道理。

　　今天，我要强调的是语文的学习，它是学好其他各门功课的基础。只有我们的语言词汇丰富了，我们的理解力、想象力、应用能力才会同时跟着上升一个层次。所以说，我们暑假中的学习就是一个很好的契机，同学们抓住了，证明大家都有一颗进取的心，很好，这值得肯定。只要我们认真听，慢慢悟，循序渐进，一步一个脚印，一个暑假下来，呈现在我们面前的就会是一个可喜可贺的自己。

人生是一本书，这本书的内容需要自己去编写，我们要做的是把握生命的每一天，勇敢地向前奔跑，如果你跑慢了的话，就会落在别人的身后。

通过学习古诗词，我们还可以训练自己心与脑、现实与想象的联动，只有做到这一点，才能够充分享受到创造性活动带给我们的更为丰富的感官体验，这时候，我们的读写能力会更强，在慢慢的磨合中，这种优势还会持续发展。

我们今天学的虽然只是一首首小诗，但诗里的语境、意境能感染我们，神秘又朦胧。虽然诗人与我们相隔千载，但他们的语言又和我们的时代是息息相关的，学习历史文化，对于今天的我们仍然有着非凡的意义。真可谓："时代虽变迁，阅读乃永恒。"

想象一下，这是不是会令人回味无穷？

进步的节点

我们同一小区的住户，因了暑假课堂，偶遇诗词引路，所以互相靠近，手拉手，心连心。

这温馨的关系，随着时间的流逝，也在一层层加深。

在指向未来的某个节点，我们依稀望见，成长中的孩子们借助古诗词的魅力，借助文字、图片在头脑中剪辑、拼贴出属于自己成长的点或面，暑假的学习时间虽短，但那收获的点滴，有可能助你在今后的学习中迈出的步伐更大一点。

历史文化与现代人文精神的相互交融，陶冶了我们健康的情操，拓宽了我们丰富的想象，激发了我们对学习的热爱和对自己将来使命的担当。

我们似乎看见了，未来那个期待中的自己。

幸福的生活自己创造

人的身体是一个多样性的复杂体，精神是身体中的一个小小的工具，身体里还有更伟大的东西，即你为实现自己的目标而进行的独立思考。

思想是行为的指挥者，身体是行为的执行者，它们各自忙碌，各有分工，它们各自寻找真理，寻找正义，它们为此而疯狂不已。

在这个忙碌的过程中，每个人都要读书学习，也许这样做起来不太容易，但如果你把自己的大脑调动起来，这件事就变得轻松多了。你想提升自己吗？想的话就请赶快加入这场有趣的"游戏"，勇敢、无畏，主动迎接磨砺。请相信，青少年时期的努力最终会给自己的人生带来幸福。

让我们热爱生命吧，从严于律己做起，带着某些理性，带上自己的努力，不要等别人推一下才开始往前挪移。人生如参天大树，一棵树长得越高大，它的根就越是深深地扎进大地，犹如我们今天读书学习、汲取知识。

你想追求什么，目标要及早明确。你会说，当然是追求人生中最高贵的东西，追求扬帆万里。

是的，人生不能贪图安逸，不要追求眼前的安乐享受，要勇于追求足够的内涵和深刻的生命，以你的勇敢无畏把自己锻炼成为一个超越自己的成功者。

做自己的偶像吧，你努力的影子，投射出你拼搏的画面，给自己做个标记，自己有哪些优点，还存在哪些不足，从今以后知错能改，行动开始。

在这里需要再强调一下的是，自己的人生，自己要好好把握，不要做无谓的挥霍。

让我们高举青春的火把，守着向上的决心，向着那美好的品德，向着那知识的光华，带上自信的目光奔赴吧，为当今社会发出自己的光和热。

请记住，你们终会相信我说的话："幸福的生活都是自己努力的结果。"

超越者的想象

知识是一根绳索，在人与超越者之间悬挂，请你抓紧那绳索使劲地往上爬。学习、读书是获取知识最高效的方法。

人的最伟大之处在于不甘心沉沦，只要你是个上进的人，你或许就是那个超越者。

为了更好的生活而追求知识，也使人的精神更丰富，灵魂更快乐。

于是，你们看到了什么，听到了什么，要和心脑整合，知识的获得使大脑中的土地足够肥沃，心灵的耕耘使土地长出了庄稼，并结出丰硕的果实。

什么是渴望？心告诉你一切；什么是创造？眼睛眨一眨，说："写作，输出你的想法。"心和脑也来作出回答。

有时候饥饿袭击我，让我想起读书可充饥。人活着，一定要讲超越，要不然，心灵会感觉空虚，让那真理的曙光快快划过，尽可能地让一些新的知识把大脑填充。

眼睛、耳朵、大脑、心灵，是知识消化的协调者，它们相互作用，共同创造新的价值，把多彩的人生描画。它们创造快乐，结伴欢庆。"我们的幸福，我们一定要共同庆贺。"它们一次次对自己的内心说着这些话。

顺着那知识之绳索攀上高处，让我们想象会发生什么？

仿佛脑袋被打开了枷锁，脑波光芒四射。

进步是送给自己的礼物

赏诗、阅读、感悟，触碰了大脑中某根未曾觉醒的神经，引起了同学们对某些行为的反思与改正。

具体表现如：对古诗文反复背诵，直到熟记为止；当堂的作文课上完成，并开始给文章分段，一遍遍捋顺句子等，我看到同学们自信的微笑常常在脸上泛起。

通过欣赏诗句悟道理、反复记笔记、写作文等学习活动所吸收的信息，大家都看到了自己的些许进步。

让自己的神经之树早日生发出枝芽，它是一种智慧的思想，犹如一束金色的光，闪烁着知识的光亮，这不是什么不可理解的事情，你们要努力敞开心扉，把希望的种子播撒。

同学们，读书吧，读书能使人精神饱满，能使心灵早些开悟，这是一条通往进步的光明大道。

我们每向上攀爬一步，仿佛就向上跃升了一个台阶，这进步的影子里亦留存着你美丽的身姿。

进步，是时间留下的痕迹，生命中的日复一日，绝不是色彩的简单重复，我们要有足够的勇气使自己进步，不吝时间，不吝笔墨，敢于下功夫苦读。在人生的道路上行走，比的是速度，比的是自律，因此，需要自己拽紧自己。

今天，让我们来做个约定，及早锻造出自己有棱角的灵魂躯体。那么，生命必将结出丰硕的果实，成长与进步，是自己送给自己的礼物。

朝着自己理想的目标努力，再努力！

诗文妙句

一

这个夏天，墨香在小区里飘散，我们与古诗词对话，同学们的思维跟着诗句往遐想里钻。谁又能拒绝历代诗句带来的文字的甘甜？

智慧与大脑，像缝衣服的针和线，穿过脑际幻化出美好的意愿。

此刻的世界，润物无声，让我们静静揣摩、体验。

二

书中觅食鲜，深思偶得甜，专注读与赏，静思香弥漫。

目之所及观万里，现实梦想互纠缠，茫茫书海任驰骋，千载文明余韵传。迎向阳光魂出窍，只待那花好月圆。

成长就是波澜不惊

人的成长是一个循序渐进的过程。但成长所对应的每一个阶段，都随时有可能转化成蜕变和上升的开始。

有句话说得好："什么年龄做什么事。"你想啊，人从出生，到学会说话、走路，再到后来的上学、工作、成家、立业。这一路走来，应该学会的事必须学会，这就是一个人的成长过程。

242

　　时间与阅历，拥有润物细无声的力量，每迈出恰到好处的一步，都不知不觉间，让我们变成了自己喜欢的样子。强者，是在日复一日的努力中逐渐变强的。生活中如果遇到了问题，去书中寻找答案，在实践中验证成败，随时纠错，坚持下去，就会实现一次次的成功。只有在日常的平凡中不断成长，时刻给自己蓄能，才能成就优秀的人生。

　　人这一生，别人或许可以替代我们做好多事情，但没有人可以替代我们成长。人的成长和成功，从来不会是天上掉下的馅饼。所有的大事情都是由一件件小事组成的，人的一生，也是从一个个阶段开始。每一件事情做好了，每一个阶段的事情做出色了，就是对成功人生最好的铺垫。把简单的事情做好，就是不简单。

　　生活就是这样，它从来不会亏待每一个努力的人。一个人活得精彩与否，在于他内心的丰富程度，人生离不开柴米油盐，但也需要有书香缭绕，在烟火里品味一粥一菜的味道，在书香里咀嚼一字一词的美好。花儿只有自己努力地盛开，才能赢得人们的青睐。所以，我们唯一要做的，就是要比以前生活得更加精彩。

　　生命应该，也必须一而再、再而三地去完成对自己的超越。所以，人生就是在努力中快乐着，在平凡的岁月里期待着收获。做自己的贵人吧，只有做好自己，相信，机遇就会乘时而来。

　　从前人们都会说："人过四十不学艺。"我认为这是一句过时的误导语。学习提高是一个人一辈子的事情，什么时候开始都不晚，但为了实现自己的理想和目标，你一定要做到勤奋和自觉。我五十岁以后始终未中断读书与学习，2019 年，在小学同学的影响下，才开始写诗，由于一直坚持，一年之中写了两本诗集。2020 年 7 月 24 日，《潍坊晚报》的文章记录了我当时的两个愿望，一是想把诗词学习与传诵和学生分

享，二是出版一本诗文集。2022 年暑假，我的第一个愿望已实现，第二个愿望也已在路上。三年多的坚持和付出，避免了人生的平庸，用语言文字记录自己成长的过程，真的是一件最美不过的事情。

人的身体里面都有一张大大的"嘴"，你只管大胆地、使劲地喂，文化知识和精神营养时不时地相会，碰撞成大脑中的智慧。这个过程又好像是"炼金"，是一个人对自己精神的修炼。神秘的创造性在这一过程中得到了自由的、自主的重组重构，使自己完全置身于对新语言表述的探求之中，从而投射出主体的诗意构想，对它的表达像一个个礼物，一次次涌进我的怀中。它不是虚无的，每一本书的写成都把一个真实的我再次推向高峰，这也是对自己坚持努力的一次次真实见证。

烟火之中品书香。只要坚持，人，就能慢慢成长。

我的成长一直在路上，波澜不惊。

被追逐的自己

智慧来自超越，幸福是灵魂的升华。

你想超越自己吗？若想超越，还需有超越的资格，即有那不可忽视的思想之资源。

我原先写的诗是通过对画作的阐释来完成的，今天写散文也得寻找适合散文的题材，不然，写什么？怎么写？于是，当教师的念头又一次被推上了议事桌。

当教师一直是我的梦想，我从事教育工作三十八年，没有机会执教鞭，是一种遗憾。

自 2019 年写诗以来，我总是爱把诗中的意境与教学融合，不自觉地把自己的感情融合进去，想象着用诗歌来点缀教学的过程，说是有点痴迷也不为过。

我六十多岁才开始学习写诗歌及散文，几年来，自己已完成六部作品的创作，作品使自己有了别样的看与思，这次的备课使我又有一种新的认知，体悟多多。我在备课笔记中表达了自己踏入课堂的喜悦，诗的韵脚滋养了我的语言灵韵。

现如今，我置身小区的课堂，这是一种充满勇气的体验，也使自己的写作能力更进一步。那些备课讲课的语言文字，那些对课堂中问题的设想，早早就被备进了待书写的篇章。就这样，围绕讲课内容把能解决的问题往那文章中一再融入，这，也给我指明了进步方向。

授课的内容督促我去学习，去搜寻与其相关的知识，知识本身又对我的思维产生启迪，让我从积极的方面阐述并讲明主题，面对上课的责任，我"逼"着自己去成长。我顺着自己的思路完成了对课题的挑选研磨，以及重点难点的讲解等等，在一遍遍学习揣摩中与课题同构，从而串联起一篇又一篇的文章。

自信告诉我："大胆地往前走，进步的影子一直在追随着你，所以，你不应该离它远去。"

追求进步，是人该有的品质，与年龄没有太大关系。人活着，就总是走在路上，因了好看的风景，因了趣味，因了灵魂的享受，我们要主动向知识索取，不要害怕。

让我们奔跑吧，向着遥远的地方，向着高尚翩翩起舞。

今天，我有充足的底气站上讲台，感觉很自然，不禁感叹：

诗声琅琅散幽香，虫蛹化蝶飞课堂，师生互勉争上进，深情款款了梦想。金子发光闪闪亮，智慧火焰燃课堂，倾心撒播正能量，超越自己幸福漾。

生命的光和亮

语言本身就是一件出色的礼物，从人出生的那一刻起，它的功能就附着在人的身心，并与人一生相随。

语言，需要我们随时随地学习。

只有把语言学好了，它才会更好地为我们的人生服务；只有自身具备了正确运用语言的能力，它才能给我们的精神增添底气。因此，在人生学习的阶段，我们的首要任务就是要学好语言文字。那些伟大的、千古流传的中华优秀传统文化浇铸我们的灵魂，他们将永远扎根在我们的内心。

学好语文，是一个人立足社会最有力的武器。

语文，是一把钥匙，为你打开知识宝库的大门。没有什么比自身具有高贵而强大的能力而更令人兴奋的了，文化给你注入了十足的信心去面对将来的世界，知识的富裕意味着你将跨入一个更有高度的人生。

人生如书如画，你就是书写者。

持续锻炼学习能力，才能使人保持头脑的清醒，及时修正人生的坐标航向，才能永不迷航，从而让自己不断散发出生命的光亮。

成长的故事

自觉学习，是一个人"大"与"小"的分界线，那个小小的你，已被遗落在原地。

一次次上课，从不缺席。习惯性学习早已潜入同学们的内心深处，这印证了你们成长的足迹。

在你们心中，作文的基本思路逐渐清晰，优美的句子也能脱口而出，暑假课堂的时间表上，刻录着大家飞翔的高度。

勤奋把自己成长的画面微笑涂抹；自觉带来了自己渴望的收获。

人生的故事，已捎带出某种美妙的感觉。

暑假公益课堂

一

暑假期间，我和学生们在学习欣赏古诗词的基础上，跟进作文文笔的训练，大家感觉收获多多。

在我开课的同时，物业经理还找了两名大学生错开时间来到小区义务教授油画彩绘。

酷暑中的假期，一股文化之风款款而来，同学们用笔品尝它带来的乐趣。活泼的孩子们坐下来学习古老诗词与油画彩绘，让这个夏季充满了美丽的气息。

课间休息，同学们秀起了特长：你展示画作，我有书法作品让大家欣赏。为了表现自己，人人都努力挖掘一样又一样技能。勇气、上进心在这里得到了培养。

学习的队伍在扩大，小区里的家长们庆幸，孩子们的这个暑假过得既丰富又快乐。

课堂的开设，唤起了孩子们新的学习兴趣，并使得他们个个兴致勃勃，我也在心里想，自己的教学付出实在值得在这里讲一讲。

二

这个暑假，凝固着我备课、上课的一片真心。

记忆中的我和学生们，虽然没有上课的钟声提醒，但彼此的心中都清楚那时间表的钟点，从家到小区教室一次次的往返，大多都做到了提前。

三伏天，蚊虫出没，我把花露水洒了一遍又一遍。电风扇的吱吱声，覆盖了我的一声声讲课发言，学生多时，我喊哑了嗓子，生怕学生们听不见。

虽然我已备足了上课的内容，但是，课间课后我的思绪仍然在备课和推演之间不时地转换。这让我对古诗词意义的认识进一步加深，对更多讲课内容的体悟了然于胸。

热浪渐收，课的结点落在我和学生们之间，最后一课的作文还没有来得及看。

回到家中，我才看到了孩子们那期待的留言：明年暑假再相约，小区教室里见！

与此同时，我不禁感叹，世界上没有白白的付出，收获满满不用多言。

花儿与小鸟

一

笔墨展现牡丹画卷，栩栩如生色彩斑斓。
鸟鸣回声穿透四野，花鸟融屏诗意绵延。

二

我们看着你，你们看着我，相互欣赏，彼此喜悦。

歇枝的恋人，开始了甜蜜的游戏，花鸟共处，充满着爱的气息。

啊，春天里的热闹喧嚣，冒出一个个感叹号。

在这里，它们找到了爱的基调，共同赞美这春天的美好。

三

牡丹花开鸟栖枝，叽叽嘤嘤秀恩慈。

曼声而歌风送远，惬意婉转丹心赤。

嬉闹追逐爱依旧，默契相依新梦织。

四

假如花儿也会唱歌，鸟儿该多么快乐。

风中，花儿仿佛明白了什么，脑袋随风轻扬，好像在和鸟儿诉说："这儿就是你们的家，你们不是过客。"鸟儿高兴地回答："叽叽喳喳，叽叽喳喳。"

鸟儿的鸣叫，透过树枝树叶，传进了花儿的大脑。

花儿清醒了，欢喜地张开了花苞。红的粉的花瓣张口笑。这，分明是对鸟儿的回报。

我们敞开心扉倾听，倾听春天的脚步。

一种清醒，一种沉醉中的乐陶陶。

五

阵阵细碎的鸟的呓语，传递着双双欣喜的气息。鸟鸣，加深了彼此的了解，歌咏，就是此刻最深邃的要义。

在树枝上，在牡丹旁，你我表白，诉说着自己。话语淹没话语，这分明，就是爱的溢出……

以上作品是对学生花鸟画的配诗

给予是爱，不会被忘记

相信自己有一种新生的力量，它似乎带着飞翔的翅膀，有到高处去的渴望，还有爱思考的灵魂，和能摆脱旧枷锁的思想。

心中有爱，花自盛开。我，自始至终都想要创造一些属于自己的价值，我的意志不可阻挡。学习收获的"武装"，会使自己的灵魂更加高尚。

为了这个暑假的到来，我在学做一名教师，教授孩子们欣赏古诗词。这项工程具有很大的挑战性，准备的过程中却充满了乐趣。在小区的课堂里，我以讲为主，让学生将说与学相融，着重以古诗词的欣赏为前提，以学生个人消化为主导的基本方式，使同学们的想象在欢快的气氛中升腾出有光泽的诗意，这便是欣赏课的意义和价值。

这是一个神圣的时刻，我勉励自己，带着心中的爱，先武装自己。

在给别人传授知识之前，要加强对自己的管束。先把那知识的要点埋藏于自己的心底，让知识之光照耀自己，从而让我有足够的引力吸引孩子们热爱学习，把那颗小小的真理的种子播撒到同学们幼小的心里，并以此来达到共同进步的目的，使人生的思考走向一定的高度。

终于，我给了孩子们我想给的东西，孩子们不会忘记，跃然于纸面上的文字就说明了这一点。

这，对于我来说，已经足矣。

爱，是给予，把我带上了另一个新的高度。

2023 年暑假公益课堂开学篇

暑假中，走在上课的路上，虽然天气很热，但感觉空气都是甜的。

如今，在我们金玉华府小区，暑假公益课堂已是第二年开课。看，同学们都能安心地坐下来认真学习。

去年的暑假，我们都在心中种下了一颗诗意的种子，今年，我们再给它一点阳光雨露，让那颗诗意的种子长出自己的风景韵律，同学们想象一下，自己心中的风景是什么样子的？

人们常说："好看的皮囊千篇一律，有趣的灵魂万里挑一。"何为有趣？"趣"从哪里来？我想，有趣的人一定有丰富的内心世界，他们的精神生活一定丰富多彩，他们活得通透，活得睿智，他们善于发现和捕捉生活中一切的美好与惊喜。我相信，看似平常的假期学习一定能在你们的人生留下深刻的回忆。祈愿这段时间的学习能使你们形成一种自觉的习惯，让知识的获得增添你们的人生自信，再经过自己的不懈努力，实现成功。

在欣赏古诗词的同时，让我们带着问题去认真思考，探寻生活中的美好，去分析文本背后隐含的深层道德和哲学价值。通过写作文和欣赏古诗提升个人的认知水平和对知识点的吸收消化能力，为提高自己的文化素养注入持续的动力，使同学们在今后的现实生活中遇到困难时能够及早作出明智的抉择。

同学们，积极行动起来，从现在开始，抓紧一切时间与机遇学习，充实、提高自己。

人生没有白走的路，等十年、二十年以后，当你们再回首这段艰苦的学习过程，你们会发现，历练出的能力，便是命运赐予你们的最好的礼物。

同学们，在这第二个暑假学习期间，让我们通过学习，扩展阅读视野，夯实表达的语言基础，丰富内心，提升自己思维感官的活跃度，助催自我"语言天赋"的智慧性表达。用可以千变万化的汉字尽情表述自己的观点，或者是提出对某个问题的思辨性看法，让语言文字变成自己大脑反应的心灵独白，从而练出心灵有"悟"这一绝技。此刻，在你们眼前呈现的景象，就好像书本中的字体都已点缀好了音符，一旦触碰到合适的故事，在不知不觉间，自然而然地奏出人生曼妙动人的旋律。

记得有人曾经说过："大脑的开发需要启蒙。"

我愿意成为同学们脑开发的启蒙者。

在第二个暑假的开学季，让我们尝试着将诗词文化融入自己的写作里，用诗词文化中的精神营养来充实我们的头脑，然后写出高质量的文章，相信自己，要大胆地去试，这样的结果必将为提高同学们的文化素养注入持续的动力。

你如果已经觉察到自己有那么些许的灵动，便会从心底生出一份深深的欣喜。

祝福同学们早日成功！

种理想

一

在这个暑假，我愿意做一束光，照耀同学们。同学们仰着脸，感受光的照耀，不时地聚集在一起。

我们都追逐着那束光，埋下自己理想的种子，并把它视作异宝奇珍。

与时间的赛跑中，让理想激励自己，向着阳光，用知识把它充实。

我们等待着，那颗满是神奇的种子慢慢诉说自己的故事。

教室中满屋馨香，每个人的身体里都充满着甜蜜。

甜蜜温馨着彼此。

二

有阳光覆盖的地方，必有生命的哲思，你们阐发，我铭记，整体上呈现出一种"众人合一"的意境。

教室中，古诗词混合着现代语，那声音、那束光，来到同学们中间做着穿梭的游戏，有意无意间给诵读者带来普适性的共鸣。每个人都在独立思考中明晰今天所学的主题。

我确信，学习的方式有多种，我们在这里看到的，心心念念的，已在无形中带出它的深意。

寂静的教室中，同学们内心涌动的思绪都在想方设法编织成自己的文字。

珍惜时间

青春易逝时难挽，习武学文勤操练。
积能修德人生悟，朝岁自奋励英贤。

小 暑

天热汗流淌，不惧练功忙。心中有未来，展翅翅翼长。

倾心热血在，只争鹰翅膀。负重百劳顿，且待旌旗扬。

暑假公益课堂在小暑的第二天下午开课，天气炎热，给同学们点赞。其他授课内容如立志、劝学、惜时、爱国教育、理想教育及生命教育等参见本书的第四部分。

荷塘边

一

金蝉鸣夏日，绿树摆青枝。

热汗衣衫浸，嬉戏清河池。

二

金蝉鸣夏日，飞鸟落丛枝。

芙蓉娇姿秀，荷叶卧清池。

三

金蝉鸣夏日，柳丝映长堤。

田野处处景，飞鸟过丛枝。

　　　　　　　　　此诗句是学生们练习习作的范文

生命的叩问

植物的生命是什么？是春天的花开？是小草的茂密？还是枝叶的翠绿？

人的生命又是什么？是心跳？还是呼吸？

相信这个问题在人们心里都有各自的答语。

生命是美好的。比植物幸运的是，人类能感知到自己生命的意义。

人的成长过程因其复杂和漫长，充满了不确定性。人生一路走来，风雨兼程，生活扑面而来，有苦涩，也有甜蜜，这让我们更加热爱生命。

做一个成熟的人，很重要的一点是唤醒自己的内心。这就要求每个人在生命的路上要足够努力，不仅要有聪明的灵魂，还要具备丰富的智慧。灵魂是窥视人生质量的一个窗口，智慧是指导人生航向的必备品。正因如此，你知道自己该怎么做才能充分发挥自身的潜能，知道什么时候该进取，什么时候该拒绝，绝不自欺欺人。要勇于走出自我，知难而进，

并争取有所作为。

人生既定程序的复杂和繁复，使人在现实生活中忙忙碌碌，这又构成了生命中的精彩部分，即人生的意趣。"趣"字从字形上拆解开来就是人在行走过程中要不断地获取，才能从中体会到生命的趣意。因此，人的一生要永远保持学习和独立思考的能力，在知识的滋养中获取自己生存的能力。这样一来，即使摆在我们面前的困难再多，也丝毫阻挡不住自我超越的行动和追求上进的脚步。人，以积极的心态汲取丰富的精神营养哺育生命，做到这些，就能够让自己真正地站立起来，去完成一个个奔向高处的跨越。

人生的价值，不仅限于对物质的拥有，更在于对文化的追求和对个人精神的满足。因此，在现实生活中我们要告诉自己：踏入人生，慎思敏行，生活磨砺，精神丰盈。遵从自然，敬畏生命，超越自我，力争双赢。

我读《匆匆》

暑假，因外甥的推荐，我有幸读到了朱自清写于20世纪20年代的散文《匆匆》，这篇小学六年级课本中的文章，引发了我如下的所想所思。

文中作者对"燕子""杨柳""桃花"的描写，说"去的尽管去了，来的尽管来着，来去的中间，又怎样地匆匆呢？"作者在文章中诠释了对生命的理解和对"匆匆"的体悟。我认为，《匆匆》是作者对时间流逝发出的追问，同时也是向人生发出的追问，字里行间充满人生的哲思。我们从不同的角度去赏析本文，会产生不同的感受。

时间的指针总是在滴答作响，使我们能随时感知到世界上的一切生物都在时间的分分秒秒中新生或者是衰亡。

日复一日，生命来了又去了。时光匆匆，生命亦匆匆。但这和花开花落是截然不同的，因为人死不能复生。正是因为这一点，我们的双手要紧紧握好自律这根绳索，让生命中的时间都在自己的手中掌控，要时时提醒自己做到该吃饭时吃饭，该学习时学习，该工作时工作，该锻炼身体时就好好锻炼身体，把生命中的时间花在合理的忙碌上，丝毫不能有半点放纵。如果你能把时间合理安排，这时一切就显得比较轻松。兴趣和志向、处世和做人是自己可以决定的事情，我们需要的是好好努力，只有这样，我们才能在青春年少时有希望、有理想，在中年时有工作所忙，在老年时仍然争取在某些方面可以提升。要做自己人生的赢家，去领略生命的神圣。

我们这一代，无需把已去的时间挽留，也无需在现在的时间中徘徊，需要的是把时间好好加以利用，努力争取为自己、为社会作出应有的贡献。只有珍惜生命中的每一分、每一秒，不断努力，在平凡的生活中不断超越，才能实现自己的人生价值。

一个鲜活的生命哪能"躺平"？既不能"啃老"，也不能光讲享受、任意逍遥，否则，不仅浪费了时间，还会毁掉自己的一生。

人，只要活着，就要为自己争气，与时间赛跑，学习、钻研、努力、创造，任何一样都值得我们去奋斗。这样长期坚持下去，我们的人生价值就会体现。无需别人赞扬，自己回味起来也能感觉到无比骄傲和自豪。

人生因有意义的忙碌而度过，无论高寿与否，我们都会因无愧于每一个日升日落而感到无限美好。

人生短暂，时光匆匆，忙有所获，阔步前行。

为学生赠言二首

一

小钰馨，志气大，善写文章爱画画。
目标坚定英气足，追梦路上放光华。

二

小不点儿种理想，酷暑天儿不打烊。
加油润劲兴趣练，亦苦亦乐任徜徉。
考级两证拿在手，附加游泳写文章。
梦想期许孜孜求，宝物温馨溢芬芳。

2023 年暑假小结

暑假时间虽短，但也是人成长的一个阶段，请问，在这期间你收获了什么？

再回首，细数成绩，记忆岁月。

为了学生的成长，为了自己的教学事业，酷暑中仍忙着备课、上课。六个课题，十二节课，也因此创作了许多文章，如《珍惜生命》《做自己生命中的英雄》《汲取知识,输出智慧》《我读〈匆匆〉》《生命的叩问》《平凡人也有好故事》《当书香穿过大脑》《梦想成就人生》《立志才能笃行》《种理想》等，感觉自己的思想又有了新的认知上的萌芽。尽己之力，促进学生点滴的进步，让学生认为暑期的学习值得，让学生得到了锻炼和提高，自己也得到了满满的收获。面对成绩，进行回顾掂量的同时，我也想为自己庆贺一下，并由此对这个假期做个总结。

展望未来，寄意岁月，内心不再忐忑，已胸有成竹。从今往后，每一天、每一时、每一刻都不再轻易放过，只要生命一息尚存，就要驰而不息，锲而不舍，万苦不言难过，追梦路上，从头阔步，不负美好年华。

后　记

留住自己的故事

我曾不停地想，虽然是自己的血脉，我们的下一代、下下一代，若干年后，又有谁能够说清楚我们的故事？又有谁对我们人生的各个阶段有一个大致的了解？你们不妨问一下自己，可能会惊讶于不知道的东西太多。

本书是我在探索生活的同时对学习、悟道的真情实感，里边有诗及散文等共八部分二百余篇，着重记录了自身的一些经历和感受。

爱因斯坦曾经说过："真正可贵的因素是直觉。"

在我的心里，自己的故事，就是那个充满魅力的存在。成为一个以写作叙事的人，我明白了人应该如何对待生命和死亡，在知理求证的过程中，我们总得找一些有意思的事情去把日子填充。在家安居时，读书、写作，向着理想奋发，满心欢喜地把一篇篇佳作斩获，我庆幸，我就是那书中的主角。游走于书海，我感受到"半亩方塘"的肥沃，这片"池塘"神秘无比，只要你愿意探索，就会收获颇多。事实证明，人生就应该在忙碌中有意义地度过。

都说时势造人，这话一点不假。每个时代都在发生着不同的事情，把人类紧紧地裹挟其中。我庆幸自己生活在一个信息发达的时代，是同学们的诗情画意让我爱上写诗，并开启了写作生涯。

　　人的成长过程充满了"悟"，读书求其解，写作编织出"悟"的结果，如此循环，又为自己带来了精神的富足，无形之中提升了心灵感受美的能力，这也为生命提供了独特的记忆。

　　相信我的故事对大家来说也会很有意思。

2023 年 8 月